KB072669

스크린의 별

FUSION FANTASTIC STORY

박선우 장편소설

스크린의 별 4

박선우 장편소설

초판 1쇄 찍은 날 § 2017년 11월 10일
초판 1쇄 펴낸 날 § 2017년 11월 17일

지은이 § 박선우
펴낸이 § 서경석

총괄팀장 § 최하나
편집책임 § 이지연

펴낸곳 § 도서출판 청어람
등록번호 § 제387-1999-000006호
등록일자 § 1999. 5. 31
어람번호 § 제1-2794호

주소 § 경기도 부천시 부일로 483번길 40 서경B/D 3F (우) 14640
전화 § 032-656-4452 팩스 § 032-656-4453
http://www.chungeoram.com
E-mail § chungeorambook@daum.net

ISBN 979-11-04-91537-6 04810
ISBN 979-11-04-91447-8 (세트)

스크린의 별

FUSION FANTASTIC STORY

박선우 장편소설

4

도서출판 청어람

CONTENTS

제27장
히어로

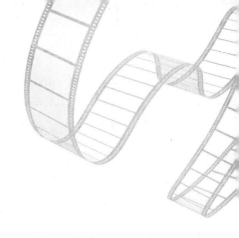

강도영은 이 며칠이 꿈처럼 여겨졌다.

자고 나면 모든 것이 새로웠고 사람들의 시선마저 확연히 변해 뭐가 뭔지 알 수 없을 정도로 멍했다.

김동혁 감독의 '히어로'에 주인공으로 발탁되면서 찾아온 변화였다.

수없이 찾아오는 기자들.

회사에서는 텔레비전이나 영화에서 봤던 차를 그에게 주었고 현탁이마저 정식으로 채용했는데 어느 순간부터 서은경까지 따라붙어 하나가 되어 움직였다.

이승환이 제시한 계약 내용은 너무 파격적이라 입을 다물지 못할 정도였다.

그동안 회사에서 너무 신경을 안 써준다며 툴툴대던 서현탁마저 최근 들어 회사의 변화에 놀라움을 숨기지 못했다.

스타란 이런 것인가.

강도영은 놀라움 속에서 묵묵히 회사의 제의를 받아들였다.

자신을 필요로 하고 그만한 대우를 해준 이상 회사를 바꿀 이유도 바꿀 생각도 없었다.

'페이스'는 그의 인생을 완벽하게 바꿔준 회사였으니 때가 되어 상황이 바뀔 때까지 그에 대한 보답을 해주고 싶었다.

오늘의 일정은 단 한 개만 잡혀 있었다.

'영화세계'와의 인터뷰 약속인데 오늘을 끝으로 김동혁이 원한 것처럼 지독한 훈련에 돌입할 계획이라 마지막 스케줄이기도 했다.

서은경은 철두철미하게 그를 관리했다.

언론에 노출되는 일정이 잡힌 날에는 칼같이 나타나 머리에서 발끝까지 완벽하게 관리한 후 마지막까지 자리를 지키다 돌아갔다.

인터뷰를 약속한 장소는 사람들이 없는 카페였다.

'영화세계' 측은 카페를 통째로 빌렸는데 강도영을 편하게 만들기 위해선지 사진 기자를 제외하고 아무도 들어오지 못하게 준비해 놨다.

문을 열고 들어서자 수수한 청바지 차림의 여자가 활짝 웃으며 다가오는 것이 보였다.

이상하다. 왜 영화와 관련된 기자들은 대부분 여자일까?

"안녕하세요. 저는 영화세계의 유정희라고 합니다. 반가워요."

서슴없이 내미는 손.

그녀의 손이 눈처럼 하얗게 빛났다.

어색하게 손을 잡은 강도영의 입에서 틀에 박힌 인사말이 나왔으나 유정희의 고정된 시선은 흔들리지 않았다.

다른 여자들과 다르다. 지금까지 그와 인터뷰한 여자들은 만나서 인사를 하는 순간부터 눈동자가 흔들렸는데 유정희의 눈은 전혀 변함이 없었다.

"인터뷰는 약 1시간 정도 진행할 거예요. 혹시 바쁘신 건 아니죠?"

목소리가 맑은 게 흘러가는 시냇물처럼 초롱초롱하게 들렸다. 영화 전문 기자라 그런가 말 사이의 간격과 높낮이가 정확한 여자였다.

"오늘까지는 괜찮습니다."

"어머, 내일부터는 바빠진다는 소리로 들리네요?"

"새로 크랭크인 되는 영화 때문에 내일부터 훈련에 들어가야 돼서요. 사실 오늘 유 기자님과의 인터뷰가 마지막 스케줄이에요."

"그런가요? 큰일 날 뻔했네요. 호호… 오늘 약속 못 했으면 저 잘릴 뻔했겠는데요. 우리 편집장님 성격이 고약해서 인터뷰 못 따오면 난리가 나거든요."

이 여자, 전혀 부담감을 안 가진다. 사람을 편안하게 만드는 재주가 있고 만나자마자 친구처럼 농담을 던져 와서 인터뷰란 생각조차 잊어버리게 만들었다.

그랬기에 강도영은 빙그레 웃으면서 자연스럽게 그녀의 농담에 반응했다.

"영화세계는 일을 못하면 사람을 마구 자르는 모양이죠?"

"에이, 그건 아니죠. 그래도 제가 영화세계의 에이스인데 그럴 수가 있나요. 말이 그렇다는 거지."

"하하하……."

강도영이 유쾌하게 웃었다. 그녀의 입술이 오리처럼 튀어나오는 게 더없이 재밌었다.

그녀의 인터뷰가 시작된 것은 아이스 아메리카노가 탁자에 놓인 후부터였다.

"용의 칼, 너무 잘 봤어요. 한 번도 영화에 출연한 적 없다고 했는데 처음부터 중요한 배역을 맡으셨어요. 어떻게 된 거죠?"

"공개 오디션에 합격해서 얻은 기회였습니다. 운이 좋았던 거죠."

"거기서 1등했다면서요?"

"하하… 예, 심사 위원님들이 잘 봐주신 덕분입니다."

"그렇기도 하지만 강도영 씨가 워낙 잘생겨서 그랬을 거예요. 더군다나 용의 칼에서 연기하는 걸 보니까 장난이 아니던데요. 저도 보면서 완전히 심쿵했거든요."

유정희가 말하면서 자신의 가슴을 끌어안는 시늉을 했다.

예쁜 얼굴이다. 연예인들처럼 꾸미지 않아서 드러나지 않았을 뿐 안경 속에 숨어 있는 얼굴의 조화가 신비로웠다.

그러나 무엇보다 강도영을 편하게 만든 건 그녀의 눈 속에 들어 있는 장난스러움과 몸짓이었다.

"유 기자님도 인기 많겠는데요. 예뻐서 많은 남자들이 심쿵했겠어요."

"그런 소리 하지 마세요. 가슴 설레게 왜 그러세요?"

"진짠데요."

"호호… 다른 여자들은 몰라도 그런 아부 저한테는 안 통해요."

정말 안 통한 것 같았다.

칭찬은 고래를 춤추게 만들고 잘생긴 남자의 칭찬은 여자의 옷을 벗긴다고 했지만 유정희는 강도영의 말을 듣고도 장난처럼 웃음으로 넘겨 버렸다.

"에헴, 그럼 지금부터 본격적으로 인터뷰를 시작하겠습니다. 이번에 김동혁 감독님이 메가폰을 잡는 히어로에서 단박에 주인공 역으로 발탁되었어요. 김동혁 감독과는 평소 아는 사이였나요……."

처음으로 인터뷰를 하면서 즐거웠다.

유정희는 자신이 얻어야 할 것들에 대해 빼놓지 않고 물었지만 중간중간 엉뚱한 이야기를 해서 강도영이 지루하지 않도록 만들었다.

그런 후 약속된 한 시간이 지나자 가차 없이 수첩을 접으며 자리에서 일어났다.

"강도영 씨, 오늘 인터뷰 고마웠어요."

"예쁘게 내주세요. 그럼 나중에 저녁 한번 살게요."

"정말이죠?"

"네."

"대신 작업 걸지 말아요. 나는 심장이 약해서 잘생긴 남자들이 작업 걸면 잠을 못 자거든요."

"하하하……."

"하여간 오늘 수고했구요. 종종 괴롭히러 찾아올 테니까 나중에 모른 체하기 없어요. 알았죠?"

＊　　　　　＊　　　　　＊

'코리아 액션 스쿨'에 들어가면서 강도영은 서현탁과 서은경에게 휴가를 줬다.

어차피 있어봐야 그들의 할일이 없기 때문이었다.

이번에도 그는 독하게 마음을 먹었다. 단 한 번 성공했다고 해서 마음이 흐트러지는 건 스스로 절대 용납할 수 없는 일이었다.

조철상은 그가 찾아가자 잃어버렸던 동생이 찾아온 것처럼 반가워했다.

그것은 용의 칼을 촬영할 때 그의 전담 트레이너였던 김기철과 스턴트맨들도 마찬가지였다.

조철상은 미리 대본을 받아봤기 때문에 강도영이 온다는 소리를 듣자마자 훈련 스케줄을 짜놓은 상태였다.

용의 칼과는 액션이 다르다.

용의 칼은 주로 검이 사용되었지만 현대극인 '히어로'는 격투가 주를 이루었기 때문에 조철상은 복싱과 유술, 그리고 태권도의 실전 발차기에 관한 훈련을 중점으로 준비해 놓았다.

조철상의 설명에 따르면 액션 시나리오는 앞으로 3개월 후에 나온다고 했다.

그때까지 기본적인 훈련을 끝내고 본격적으로 촬영 훈련에 들어간다는 것이었다.

조철상의 훈련 스케줄에 맞춰 아침부터 저녁까지 김기철의 독사 같은 지도 아래 온몸을 굴렀다.

발차기는 용의 칼을 찍기 위해 5개월 동안 훈련했기 때문에 익숙해져 있었지만 복싱과 유술은 완전히 새로 배워야 하는 분야였다.

그럼에도 3개월이 지났을 때 김기철은 조철상이 그랬던 것처럼 입을 벌린 채 다물지 못했다.

무시무시한 운동신경.

강도영의 육체는 솜이 물을 빨아들이는 것처럼 복싱과 유술의 기술들을 그 기간 동안 완벽하게 장착해 버렸던 것이다.

유혁이 코리아 액션 스쿨에 등장한 것은 액션 시나리오가 모두 완성되어 실전 훈련이 필요해졌을 때였다.

대스타는 시간이 많지 않다. 더군다나 그는 마흔이 훌쩍 넘었기 때문에 젊은 사람보다 더 열심히 해야 비슷한 결과를 얻어낼 수 있다.

하지만 그는 일주일에 두 번 정도 찾아와 2시간 정도 운동하면서 그 짧은 시간에 스턴트맨들과의 호흡을 맞추는 능력을 발휘했다.

거의 20년 가까운 연기 경험이 만들어낸 괴력임이 분명했다.

그럼에도 조철상은 그가 액션 시나리오대로 움직이는 것을 보며 한 번도 칭찬을 하지 않았다.

"도영아, 어떠냐?"

"잘하시는데요."

"너는 저게 잘하는 것으로 보이는 모양이구나. 유혁이도 늙었다. 예전에는 방방 날아다녔는데 나이가 드니까 힘들어하는 게 눈에 보여."

"…예."

그의 말에 더 이상 부정을 하지 않았다.

속도가 다르고 임팩트가 다르다. 맹훈련을 거듭하며 최상의 몸 상태를 만든 자신과 비교하면 그의 몸놀림은 한 마리 곰을 보는 것처럼 느렸다.

조철상이 눈을 돌리며 입을 연 것은 유혁이 거친 숨을 내리쉬며 스턴트맨들 뒤로 빠졌을 때였다.

"그래서 김동혁 감독이 무섭다는 거다."

"무슨 말씀이세요?"

"히어로에서 유혁과 네가 동시에 나오는 두 번의 신을 빼고는 모든 액션 신이 너한테 몰려 있어. 무슨 뜻인지 몰라?"

"잘 이해가 안 됩니다."

"이런 얘기 해서 미안하지만 몇 달 전에 김 감독이 나한테 전화를 해온 적이 있었다. 대본을 받아본 지 일주일 정도 지났을 때야. 그때 그분이 그러더군. 대본에서 나오는 액션 신의 수정이 필요할 것 같은데 어떻게 생각하냐고 묻더라."

강도영은 아무런 말도 하지 않고 그의 입을 지켜봤다.

뭔가 중요한 이야기를 하려 할 때는 침묵을 지켜주는 게 가장 좋은 방법이었다.

"나는 액션 신의 대폭 수정을 제안했다. 유혁의 액션 신을 줄이고 그의 파트너인 강태산의 액션 신을 늘이자고 강하게 제안했어."

"왜 그러셨어요?"

"김 감독이 강태산 역으로 너를 지목했기 때문이다. 김 감독의 영화지만 액션만큼은 내 영화이기도 하다. 그래서 욕심이 생기더라."

"대본 수정이 많이 됐다는 게 그 말이었군요."

"그래, 맞아. 원래 강태산 역은 유혁의 서브 주연이었어. 하지만 대본 수정을 거치면서 거의 동급으로 바뀌었지."

"고맙습니다."

"고마울 거 하나도 없어. 오히려 내가 고마우니까. 용의 칼이 상영된 후 일감이 미친 듯이 몰려들었다. 코리아가 액션 하나만큼은 탑이라는 평가를 들은 건 모두 너 때문이야."

"얼굴 빨개지려고 합니다. 그만하세요."

"나는 이번에도 욕심이 난다. 이번에도 우리 스쿨의 탑들만 골라서 채운 건 다시 한 번 영화사에 한 페이지를 장식할 멋진 액션을 만들어보고 싶다는 욕심 때문이다. 그러니까 마지막까지 최선을 다해줘라."

"알겠습니다."

*　　　　　*　　　　　*

대본 리딩 때까지 김동혁 감독은 한 번도 강도영을 콜하지
않았다.

대신 수시로 전화해서 액션 상황을 체크했다는 소릴 들었다.

믿는 마음. 조철상에 대한 믿음과 강도영에 대한 믿음이 그
런 행동을 하도록 만든 게 분명했다.

강태산은 보면 볼수록 야성을 가진 사내였다.

거침없는 말투와 행동, 무자비한 주먹 실력과 영민한 머리
까지 지닌 특급 형사의 전형적인 인물이었다.

'히어로'는 거친 제목답게 여자 주인공이 없는 영화였다.

사나이들의 세계, 암투와 액션 그리고 의리와 우정의 끝장
판이다.

대본 리딩에서 강도영은 유혁이 왜 대배우가 되었는지 확인
할 수 있었다.

그저 탁자에 앉아 대본을 읽는 것에 불과했는데 그는 마치
피를 토하듯 연기를 했다.

좌중을 장악해 버리는 카리스마.

그가 대본을 읽을 때마다 좌중은 쥐 죽은 듯 조용한 상태

에서 그의 연기를 지켜볼 수밖에 없었다.

그만큼 그의 연기력은 압도적이었다.

＊　　　　＊　　　　＊

모든 영화가 그렇듯 김동혁도 모든 배우와 스태프를 모아놓고 고사를 지냈는데 용의 칼 때와 거의 비슷했다.

하지만 참여하는 사람들의 눈빛이 달랐다.

김동혁이라는 거장이 메가폰을 잡는다는 사실이 스태프들은 물론이고 배우들까지 긴장감에 사로잡히도록 만든 것 같았다.

드디어 첫 촬영이 시작되는 날 강도영은 서현탁이 운전하는 밴을 타고 서은경과 함께 강남의 룸싸롱 '야생화'로 향했다.

강도영의 첫 신은 영화의 시작을 알리는 액션 신이었다.

'야생화'는 강남역 사거리에서 테헤란로 쪽으로 1㎞ 정도 올라가면 나왔는데 워낙 간판이 적어 서현탁은 같은 곳을 두 번이나 빙빙 돌아야 했다.

출구는 사람 둘이 들어가면 꽉 찰 정도로 좁았으나 막상 안으로 들어가자 두 눈이 휘둥그레 떠질 정도로 화려했다.

바닥과 벽이 온통 대리석이었고 벽에는 룸싸롱에 어울리지 않는 명화들이 걸려 있어 이곳의 정체를 의심하게 만들었다.

이미 스태프들은 모두 촬영 동선을 확보한 채 준비 중이었는데 검은 양복을 받쳐 입은 스턴트맨들과 아가씨 역을 맡은 여자들까지 화장을 진하게 마친 후 기다리고 있었다.

촬영이 시작된 것은 주인공 문장용 역을 맡은 유혁이 들어와 인사를 한 후 10분 정도 지나 김동혁이 메인 데스크에 자리를 잡았을 때였다.

*　　　*　　　*

"형님, 안 들어갑니까?"

"인마, 무조건 들어가냐. 백사파, 저 새끼들은 물불 안 가리는 놈들이야. 몇 놈이 있는지 알고 들어가야지."

"크크크… 우리가 언제 그런 것 따졌다고 그래요."

"배에 빵꾸 나면 네가 책임질래, 우리 마누라한테 죽어볼 거냐고."

"그럼 여기 있어요. 내가 먼저 들어가서 정리해 놓을 테니까 천천히 들어오쇼."

"그래라, 형은 허리가 아프다."

허리를 짚으며 엄살을 떠는 문장용을 남겨놓고 야생화의 출입문을 통해 강태산이 천천히 걸어 들어갔다.

복도로 들어서자 끝에 있는 룸을 지키며 일곱 명의 검은 양복을 입은 자들이 경계를 서고 있는 것이 보였다.

거침없는 발걸음.

양손에 장갑을 낀 강태산은 성큼성큼 그들을 향해 다가갔다.

일하는 아가씨가 지나가며 진한 향수를 뿜어냈으나 강태산의 시선은 오직 사내들을 향하고 있었다.

끝 방 쪽으로 다가가자 맨 앞에 있던 놈의 입에서 늑대 울음 같은 소리가 새어 나왔다.

"거기 서라. 한 발자국만 더 움직이면 죽는다."

"이 씨발 놈이 어디서 목소리를 깔고 있어. 네가 홍콩의 쌍권총이냐?"

"잘못 들어온 거라면 돌아가라. 개기면 팔다리를 부러뜨리겠다."

"좆 까!"

강태산의 오른발이 사내의 정강이를 그대로 내려치며 벽을 타고 공중으로 뛰어올라 뒤에 서 있던 사내의 면상을 향해 무릎으로 박았다.

갑작스러운 공격에 당황했던 사내들이 무차별적으로 공격해 왔으나 강태산의 신형은 그들의 공격을 교묘하게 피해내며 폭풍처럼 휘몰아쳤다.

그야말로 투신이다.

그의 주먹과 발길질에 사내들이 퍽퍽 나가떨어지며 벽으로 쑤셔 박혔는데 공격이 워낙 날카롭고 파괴적이라 신음조차 지르지 못했다.

사내들이 전부 쓰러졌을 때 룸의 문을 연 것은 뒤에서 어슬렁거리며 따라오던 문장용이었다.

문을 열고 들어서자 아가씨들을 끼고 술을 마시는 세 놈의 모습이 보였다.

날카로운 기세를 가진 사내들.

놈들은 이미 밖에서 들린 소음에 반응하며 자리에서 일어서는 중이었다.

그런 놈들을 향해 문장용이 비릿한 웃음을 지었다.

"그냥 앉아 있어. 피곤하게 설레발 까지 말고. 백사가 누구지?

"미친놈들이구나. 너희들은 어디 식구냐?"

"아, 이 새끼. 질문은 대답하라고 있는 거지 물으라고 있는 게 아니다. 왜 말귀를 못 알아 처먹어!"

양쪽에 있던 놈들이 맥주병을 집어 드는 걸 본 문장용이 탁자를 박차고 날아올랐다.

그러고는 정면에 서 있던 백사를 향해 무서운 속도로 돌진해 들어갔다.

　　　　*　　　　　*　　　　　*

"컷!"

김동혁 감독의 입에서 짧고 신경질적인 고함이 터져 나왔다.

룸에 있던 호스티스 배역을 맡은 여자가 놀라는 장면에서 비틀하며 쓰러져 동선이 흐트러졌기 때문이다.

벌써 5번째.

첫 번째 오프닝 액션 신이 시작되었을 때 강도영의 화려한 무술 실력을 보면서 입을 떠억 벌린 채 꼼짝하지 못했던 스태프들과 배우들은 유혁과 스턴트맨, 조연들의 작은 실수로 촬영이 반복되자 서서히 지쳐가기 시작했다.

정말 미세할 정도의 실수였으나 김동혁은 절대 용납하지 않았다.

완벽을 추구하는 그의 성격답게 매처럼 날카로운 눈으로 현장을 지켜보며 실수가 생길 때마다 가차 없이 고함을 질러 컷 사인을 냈다.

NG가 발생했을 때 재촬영을 하기 위해서는 꽤 많은 시간이 소요된다.

특히 이런 액션 신은 촬영하면서 부서진 집기들을 다시 세팅하고 청소하는 시간이 필요했기 때문에 단순히 대사 실수가 빚어지는 드라마와 비교조차 할 수 없을 정도로 촬영이 길어진다.

김동혁의 영화가 다른 영화에 비해 촬영 기간이 한 배 반 정도 소요되는 것은 이런 이유 때문이었다.

그는 자신이 찍은 영화에서 작은 흠이라도 생기는 걸 극도로 싫어했다.

통상 영화는 180씬에서 220씬을 찍는다.

물론 편집 과정에서 넣고 빼는 장면이 생기지만 '히어로' 같은 액션 영화는 로맨스보다 훨씬 많은 신이 필요했다.

더군다나 단순한 무술 액션만 있는 것이 아니라 자동차를 비롯해서 폭발 등 많은 특수 효과가 필요한 경우가 많아 촬영 기간이 길어질 수밖에 없다.

"감독님, 벌써 새벽 1시가 다 되어갑니다."

"알아."

조감독인 유병철이 은근한 목소리로 말하자 김동혁이 무뚝뚝한 말투로 대답했다.

무슨 뜻인지 안다.

벌써 촬영을 시작한 지 10시간이 훌쩍 넘고 있었다.

하지만 김동혁은 이대로 쉽게 물러설 기미를 보이지 않았다.

"강도영의 액션 신은 완벽합니다. 룸에서 벌어지는 액션하고 나머지 것들만 편집해도 충분하지 않겠습니까?"

"훌륭하지. 나는 지금까지 많은 영화를 찍었지만 저렇게 멋진 액션은 처음 본다. 그래서 더 욕심이 나는 거야. 물론 편집으로도 괜찮은 영상을 만들 수 있겠지. 그러나 물 흘러가듯 끝까지 한 번에 소화된 영상은 편집이 절대 못 따라간다."

"음……."

"유 감독, 자넨 욕심나지 않나? 이렇게 관객을 흥분하도록 만드는 오프닝 본 적 있어?"

"…없습니다."

"그러니까 다시 가자. 오케이?"

*   *   *

강도영이 출연하는 신은 '히어로'의 촬영 신 10개 중에 절반이 훌쩍 넘는 130개였다.

그중에는 대사로 처리하는 장면이 100개로 가장 많았고 표정과 행동 연기가 15개, 액션 신이 오프닝을 포함해서 15개였다.

하지만 6개월 동안 강도영이 코리아 액션 스쿨에서 비지땀을 흘리며 훈련한 것은 바로 그 15개의 액션 신 때문이었다.

첫 촬영을 끝내고 집에 돌아왔을 때는 새벽 3시가 훌쩍 넘은 시간이었다.

밤 고양이처럼 조심스럽게 열쇠를 돌려 문을 따고 집으로 들어갔다.

이 시간, 괜히 소리를 내어 잠든 부모님과 동생을 깨우고 싶지 않았기 때문이다.

하지만 그가 집으로 들어갔을 때 거실에는 텔레비전 소리가 작게 흐르고 있었다.

"우진이니?"

작은 목소리였으나 분명 엄마의 음성이었다.

그랬기에 강도영은 신발을 벗고 들어와 거실에서 일어나는 엄마를 향해 다가갔다.

"주무시지 않았어요?"

"네가 안 들어왔는데 어떻게 자. 얼굴이 지쳐 보이네. 힘들었니?"

"아니에요."

"배고프지 않아?"

"아뇨, 배 안 고파요."

"그럼, 피곤할 테니까 얼른 자. 어여."

강도영은 엄마의 손짓을 가만히 바라보았다.

같은 또래의 다른 사람들보다 훨씬 많은 주름살은 고생으로 생긴 것이 분명했다.

한 번도 호강하지 못하고 살아온 엄마.

기대한 것처럼 자라주지 못해서 항상 미안했고 부끄러워 오히려 성질을 내면서 엄마의 가슴을 아프게 만들었다.

그런데도 엄마는 이렇게 들어오지 않는 아들을 새벽까지 기다리며 애를 태우고 계신다.

걱정 마세요, 엄마. 나 잘하고 있어요. 조금만 더… 조금만 더 기다려 줘요.

*   *   *

백사파의 두목 최상운은 취조실에 혼자 앉아 있었는데 마치 지네 안방처럼 여유 있게 팔짱을 낀 채 사방을 둘러봤다.

문장용이 격문을 열고 들어오자 세 명의 요원이 벌떡 일어서는 것이 보였다.

문장용은 들어오자마자 미러를 통해 보이는 최상운의 모습을 확인하고 비릿한 웃음을 흘렸다.

"저 새끼, 밥은 처먹었냐?"

"예, 먹었습니다. 해장국을 국물 하나 남기지 않고 싹싹 비우더군요. 아무래도 시간이 필요할 것 같습니다."

"크크크… 좆도, 시간은 무슨. 헤로인이 지천으로 깔리고 있는 마당에 우리한테 시간이 어디 있어!"

요원의 대답에 문장용의 웃음이 더욱 진해졌다.

밥을 잘 처먹는다는 건 심적으로 여유가 있다는 뜻이다.

일반 서민들은 취조실에 들어서는 순간 걱정 때문에 밥이 목구멍으로 넘어가지 않지만 최상운 같은 놈은 근본부터 다르다.

문장용이 요원들을 뒤로하고 취조실의 문을 열었다.

여유 있는 모습으로 벽을 향해 시선을 고정시키고 있던 최상운은 그가 들어섰어도 눈길 한번 주지 않았다.

끼리릭!

문장용의 발길질에 최상운 반대쪽에 있던 의자가 옆으로 밀려났다.

쇳소리에 가까운 목소리가 흘러나온 건 문장용이 그 의자에 앉은 후였다.

"어이, 백사. 밥 잘 처먹었다며?"

"형사냐, 검사냐?"

"네 눈에는 내가 뭐로 보이는데?"

"씨발, 그걸 내가 어떻게 알아? 잡아왔으면 너희들 정체가 뭔지나 알려줘야 할 거 아냐?"

백사가 두 눈을 부릅뜨고 문장용을 노려봤다.

조직원 수 100여 명을 이끌고 있는 그는 영등포 일대를 장악하고 있는 백사파의 보스답게 취조실에 앉았어도 꿇리는 모습을 전혀 보이지 않으며 이를 드러냈다.

하지만 문장용은 쉽게 흥분하지 않았다. 대신 그의 목소리는 점점 굳어지고 있었는데 피워 문 담배 연기가 파랗게 빛나며 최상운을 향해 뿜어졌다.

"백사, 헤로인의 출처만 대라."

"씨발⋯ 경찰이구만. 그런데 그게 무슨 개소리야. 헤로인이라니!"

"다시 한 번 묻겠다. 지금 영등포를 중심으로 깔리는 헤로인양은 잔챙이들이 건드릴 만한 수준이 아니야. 칼새를 포함해서 너희 조직원들이 움직인다는 정보가 우리 레이더에 잡혔어. 그러니까 좋은 말로 할 때 불어."

"크크크, 웃기는 소리하고 자빠졌네. 우리가 했다는 증거 있어?"

"허어, 이 새끼가 법 타령을 하는구만?"

"재밌는 형사 나릴세. 증거도 없이 사람을 이 지경으로 패고 협박한단 말이지. 지금부터 나는 변호사가 옆에 없으면 한 마디도 하지 않겠다. 변호사 데리고 와!"

"씨발 놈아. 변호사는 필요 없어. 너는 곧 네가 알고 있는 모든 걸 토해내야 될 테니까. 조용하게 해결하려고 했는데 스스로 지옥 구경을 하겠다니 할 수 없구나. 난 젠틀맨이지만 내 파트너는 도살자니까 잘 놀아봐."

문장용이 담배를 비벼 끄며 천천히 자리에서 일어났다.

그러자 교대하듯 강태산이 뚜벅뚜벅 걸어 들어오더니 그대로 최상운의 안면을 밀어 쳤다.

"커헉!"

단 한 방에 의자째 뒤로 넘어진 최상운의 입에서 비명 소리가 새어 나오기 시작했다.

강태산은 들어온 후 한 마디도 하지 않았다.

오직 최상운의 전신 급소를 무자비하게 두들겨 팰 뿐이었다.

"씨발, 대한회랍니다."

"대한회?"

"이 새끼, 딱 한 마디만 하고 기절해 버렸어요. 눈까리를 보니까 더 이상은 모르는 게 분명합니다."

"하아, 갈수록 태산이네. 대한회, 그 개새끼들이 왜?"

대한회는 대한민국 밤을 주름 잡고 있는 거대 조폭 집단인데 현재 각종 영역으로 사업을 확장시켜 경찰은 물론이고 검찰조차 쉽게 건드리지 못하는 영향력을 행사하고 있었다.

전국에는 수많은 폭력 조직이 있지만 대한회는 그들과 사이즈가 달랐고 노는 물이 달랐다.

특수본에서 놈들을 건드리지 않는 것은 최근 들어 각종 사업에 손을 뻗치며 양성화되는 추세였고 국민들에게 치명적인 마약에는 절대 손을 대지 않기 때문이었다.

공생 관계. 악어와 악어새의 관계라고 부르면 맞았다.

밤 세계의 질서를 대한회에서 완벽하게 통제하고 있었기 때문에 폭력에 관한 범죄율이 현저하게 줄어들어 최근 들어 웬만해서는 공권력이 손을 대지 않았다.

대한회는 밤의 세계를 지배하는 또 다른 권력이었으니 일손이 턱없이 부족한 경찰로서는 오히려 고마운 존재였다.

강태산이 인상을 바짝 쓰며 의문에 차 있는 문장용 쪽으로 얼굴을 들이밀었다.

그의 눈은 빛나고 있었는데 뭔가 결심을 굳힌 얼굴이었다.

"형님, 일단 대한회를 파야겠습니다."

"뭘로?"

"헤로인의 중독성은 마약류 중에서 최곱니다. 이대로 방치했다가는 서울이 아작 나게 생겼어요. 이 새끼들이 왜 그동안 하지 않던 짓을 하는지 알아봐야 되지 않겠습니까?"

"인마, 무작정 가면 우리가 당해. 그 새끼들은 정관계에 빽이 줄줄이 뻗어 있어. 증거도 없이 가면 좆 되는 수가 있단 말이다."

"백사를 내보냅시다."

"그래서?"

"대한회의 어떤 놈인지 알아봐야죠. 대한회 전체가 움직인 건지 아니면 그중 어떤 새끼가 한몫 잡으려고 지랄한 건지 확인해서 처리해야 됩니다. 시간이 없어요. 이대로 방치하면 서울 거리에 중독자가 넘쳐날 겁니다."

"백사 그 새끼는 나가는 순간 아가리가 봉인된다. 대한회가 움직인 게 확실하다면 죽어도 협조하지 않을 거야."

"그냥 내버려 둬도 문젭니다. 그 새끼가 잡혀 있는 걸 알면 놈들은 다른 루트로 옮길 겁니다. 백사 아가리는 내가 열어놓을 테니까 걱정하지 말고요."

"가능하겠어?"

"형님은 위를 맡으십시오. 마음대로 움직이려면 줄 타고 내려오는 걸 막아줄 대가리가 필요합니다. 약부터 쳐놓으시죠."

"씨발, 그래야지. 좋다, 그건 내가 처리할 테니까 1팀 데리고 가. 대신 조용히 움직여야 해. 청장님 만난 후 내가 합류할 때까지 사고 치지 말고 기다려. 알았어?"

＊　　　　＊　　　　＊

촬영을 마치자 강도영은 감독을 비롯해서 스태프들에게 일일이 인사를 한 후 서현탁과 함께 세트장을 빠져나왔다.

오늘은 마약을 거래하는 자들의 추적 장면을 찍었고 백사파의 간부가 여자와 뒹구는 걸 감시하는 신을 호텔에서 찍었다.

일진이 좋은 날이었다.

아침부터 시작된 촬영이 오후가 되자 일찍 마무리되었기 때문에 오늘은 여유 있게 저녁을 먹을 수 있을 것 같았다.

"수고했어. 밥 먹으러 가자."

"그래, 뭐 먹을까?"

"오랜만에 삼겹살과 소주 어때?"

"좋지."

언제 다가왔는지 서현탁의 말에 서은경이 끼어들었다.

그녀는 헛기침을 하면서 혀를 내밀어 입술을 적셨는데 삼겹살을 먹고 싶다는 티를 팍팍 내고 있었다.

"누나, 누나같이 고상한 여자가 무슨 삼겹살을 그렇게 좋아해요. 누나는 이슬만 먹고 살아야 되는 거 아닙니까?"

"지랄한다. 야, 그래서 이슬 먹잖아, 참이슬. 난 참이슬이 좋아. 그러니까 빨랑 가자. 배고파 죽겠어."

"아우우……."

서현탁의 늑대 울음소리에 강도영이 폭소를 터뜨렸다.

촬영에 지쳐도 서현탁과 서은경을 만나면 자연스럽게 활기가 돌았다.

생각지도 않은 사람이 불쑥 나타난 것은 그들이 호텔 문을 나서려 할 때였다.

"도영 씨, 촬영 끝났어요?"

자신을 부르는 소리에 강도영이 뒤를 돌아보자 하얀 옷을 입은 천사가 다가오는 게 보였다.

신은서다.

그녀는 하얀 원피스를 입고 있었는데 얼마나 아름다운지 후광을 내뿜고 있었다.

"은서 씨, 어쩐 일로……."

"지나가다 들렀어요. 여기서 촬영 있다는 소릴 들었거든요."

"아, 그렇군요."

"정말 너무해요. 밥 한번 먹자고 다섯 번이나 전화를 했는데 어떻게 한 번도 약속을 안 잡아요?"

"촬영 때문에 바빠서 그랬어요. 미안해요."

"오늘 다른 약속 없죠?"

"그게… 예."

강도영이 서현탁과 서은경을 향해 슬쩍 시선을 주자 두 사람이 동시에 고개를 돌리는 게 보였다.

그랬기에 강도영은 쓴웃음을 지으며 대답할 수밖에 없었다.

"그렇다면 가요. 오늘 아니면 밥 먹을 기회가 없을 거 같으니까 우리 맛있는 거 먹으러 가요."

"뭐 먹고 싶은데요?"

"삼겹살에 소주요!"

어이가 없었으나 맑게 웃고 있는 신은서의 얼굴을 바라보다 그저 고개를 끄덕이고 말았다.

틀림없이 그녀는 서현탁과 서은경의 말을 따라오면서 들었던 게 분명했다.

삼겹살에 소주라니?

다섯 번이나 전화를 해온 그녀에게 답을 해주지 않은 건 자신의 마음속에 들어 있는 감정의 흔들림을 정리하고 싶었기 때문이다.

영화를 찍으며 그녀에게 향했던 마음이 한동안 풀리지 않았다.

영혼을 다 바쳐 사랑하는 남자의 가슴을 연기하기 위해 신은서를 볼 때마다, 그리고 그녀를 떠올리며 고백하지 못한 사랑의 아픔을 느끼려 노력했었다.

한동안 불면의 밤을 보냈다.

영화가 끝났어도 그녀의 모습이 뇌리에 남아 그를 괴롭혔다.

사랑이란 이런 것인가?

혼란스러웠다. 그의 사랑이 현실과 혼동되면서 그녀가 전화를 해올 때마다 당황스러워 어쩔 줄을 몰랐다.

아마 그녀가 자꾸 전화를 해온 것도 어쩌면 자신과 같은 감정의 착각일 수도 있다는 생각이 들었다.

삼겹살에 소주를 선택한 것은 그런 동화의 과정 중 하나라고 생각했다.

자신에 대한 마음에 확신이 부족하다면 둘만 있는 게 부담스러울 수 있었다.

하긴 그녀의 선택은 당연한 것인지도 모른다.

만약 그와 그녀가 단둘이 식사하는 걸 사람들이 본다면 내일 아침 신문에 대문짝만 하게 기사가 터져 나올 것이다.

요즘 세상은 기자가 아니라도 아무나 사진을 찍고 동영상을 촬영하기 때문에 배우들의 사생활이 고스란히 노출되곤 한다.

일행이 함께 움직여 잘 가는 삼겹살집에 들어서자 순식간에 가게가 조용해졌다.

아직 대중들에게 얼굴이 덜 알려진 강도영이었으나 신은서가 합류했기 때문에 밥을 먹던 손님들은 대화를 멈추고 일행을 구경하느라 정신이 없었다.

서은경이 이런 상황을 막기 위해 미리 예약하고 제일 마지막 구석진 곳으로 자리를 잡았으나 사람들의 관심을 돌리지 못했다.

신은서 때문이었다.

신은서는 지금까지 스타가 된 이후 외출할 때는 항상 자신의 외모를 철저하게 가렸으나 오늘은 고스란히 노출한 탓에 모든 사람이 그녀를 알아봤다.

그럼에도 그녀는 사람들의 시선을 그대로 받아들이며 조금의 망설임도 없이 일행과 함께 자리에 앉았다.

서현탁이 너스레를 떤 것은 자리가 주는 어색함을 없애기 위함일 것이다.

그는 용의 칼 촬영 때도 신은서와 함께했던 경험이 있었기 때문에 낯을 가리지 않았는데 털털한 성격을 가진 서은경마저 두서없이 떠들어 어색함을 느낄 겨를조차 없었다.

"우와, 은서 씨는 은경이 누나보다 더하네요."

"무슨 소리예요?"

"세상에 이렇게 예쁜 분이 삼겹살이라뇨. 난 정말 깜짝 놀랐어요."

"호호… 삼겹살이 맛있잖아요."

"그럼요, 그건 만국 공통으로 아는 사실인데 현탁이 얘만 몰라요. 그러고 보니까 잘생긴 사람들은 전부 삼겹살을 좋아하나 봐. 우리 도영이도 삼겹살이라면 껌벅 죽거든요."

신은서의 말을 받아 서은경이 나서며 강도영을 대화에 끌어들였다.

그녀는 멀뚱거리며 앉아 있는 강도영을 향해 연신 눈총을 주었는데 신은서가 불편하지 않도록 관심을 주라는 시선이었다.

그러나 대화가 본격적으로 시작된 것은 삼겹살이 익기 시작하고 소주잔이 돈 후부터였다.

역시 술은 사람의 이성을 마비시키는 마취제로 최고였다.

"영화 어때요?"

"힘들어요. 하지만 할 만합니다."

"호호… 김동혁 감독님이 배우들 고생시키는 걸로 유명한 분이죠. 이번 영화에도 액션 신이 많다면서요?"

"맞아요. 얼마나 뒹굴었는지 뼈마디가 쑤셔서 죽을 지경입니다. 연기력이 부족하니까 몸으로 때우는 거죠."

"또… 또 그 말도 안 되는 겸손!"

강도영의 대답에 신은서가 토끼 눈을 부릅떴다.

그녀는 자신을 비하시키는 강도영의 태도를 예전부터 싫어했다.

두 사람의 대화를 멀뚱거리며 지켜보던 서현탁이 나선 것은 그 역시 강도영의 태도가 마음에 들지 않았기 때문이다.

"이놈이 원래 학창 시절부터 지 자랑하는 걸 극도로 싫어했어요. 얘가 노랠 엄청 잘했거든요. 은서 씨는 못 들어봤겠지만 정말 대단해요. 그런데도 남 앞에서는 노래 잘 부른다는 소릴 한 번도 안 했어요."

"저도 들어봤어요."

"노래를 들어봤다고요. 언제요?"

"우리 쫑파티 때 들었어요. 현탁 씨 말대로 아주 잘하던걸요. 음성이 부드러워서 꼭 솜사탕을 먹는 것 같았어요."

"야, 인마. 너 노래하면 큰일 난다고 선생님이 그랬잖아. 왜 말을 안 들어!"

서현탁이 갑자기 강도영을 바라보며 눈을 부라렸다.

그러자 강도영이 쓴웃음을 지은 채 자신의 소주잔을 입으로 가져갔다.

"어쩔 수 없었어. 그때는……."

"어쩔 수 없는 상황이 어디 있어? 목이 아파서 노랠 부르면 악화된다는데!"

"현탁 씨, 그게 무슨 말이에요?"

"이놈, 몇 년 전에 목에 나쁜 병이 생겼어요. 그래서 노랠 부르면 절대 안 되거든요."

"병이라뇨?"

"후천성 성대 결절이라는데 상태가 무척 안 좋은 거예요."

"아……."

신은서가 서현탁의 설명을 듣고 탄식을 터뜨렸다.

그래… 어쩐지 그때 의외의 노래 솜씨에 탄성을 터뜨렸지만 고음으로 올라갈 때 힘들어하던 강도영을 보면서 안타까움을 느꼈는데 그런 사정이 있을 줄은 꿈에도 생각하지 못했다.

그랬기에 그녀는 강도영을 보면서 가볍게 한숨을 터뜨렸다.

"도영 씨는 그러고 보면 참 성격이 무던해요. 그냥 솔직하게 말해도 됐을 텐데 왜 그랬어요?"

"그냥… 분위기 깨고 싶지 않았어요."

"아휴, 답답해. 그런 게 어디 있어요. 바보같이……."

신은서가 자신의 잔을 들어 단숨에 비웠다.

사람들은 원치 않은 일을 해야 할 때가 있었으나 대부분의 사람은 결정적인 경우가 아니라면 자신의 고집을 버리지 않는다.

특히 몸이 아플 경우는 더욱 그렇다. 자신의 몸에 이상이 생기는 것을 뻔히 알면서 남을 위해 그런 결정을 내린다는 건 쉽지 않은 일이기 때문이다.

서은경이 불쑥 나선 것은 연거푸 소주를 두 잔이나 마신 신은서의 얼굴이 발갛게 달아올랐을 때였다.

"그런데 은서 씨, 나 궁금한 게 있는데 물어봐도 돼요……?"

"언니, 뭔데요?"

"오늘 그냥 지나다가 온 거 아니죠?"

"어… 그건… 예."

갑작스러운 질문에 당황하던 신은서가 빤히 쳐다보는 서은경을 향해 결국 항복하고 말았다.

하지만 서은경은 그 항복을 쉽게 받아줄 생각이 없는 것 같았다.

"언제부터 와 있었어요?"

"아까 3시부터……."

3시라면 강도영이 촬영을 끝낸 게 5시니까 두 시간이나 기다렸단 뜻이다.

단순히 밥을 먹기 위해서?

그건 말도 안 되는 변명이다. 신은서 같은 스타에겐 일 분 일 초가 소중한 재산인데 밥을 먹기 위해 누군가를 기다린다는 건 가소로운 변명에 불과했다.

그럼에도 이번에는 서은경의 얼굴에서 웃음이 떠올랐다.

"은서 씨 혹시 내가 도와줄 거 있어요? 도영이가 내 말은 잘 듣거든요."

"…있어요."

"말해봐요. 내가 도와줄 수 있는 거라면 적극적으로 도와줄게요."

"이 사람, 눈치가 너무 없어요. 언니가 어떻게 좀 해줘봐요."

"여자에 대해서 말이죠?"

"네."

"호호… 큰일났네. 그건 내 전공이 아닌데 어쩌지."

"언니가 도와준다고 했잖아요!"

*　　　　*　　　　*

김동혁은 그동안 찍은 필름들을 돌려보며 미비한 점들이

있는지 거듭 확인했다.

그 옆에는 조감독과 카메라 감독 등 현장 스태프가 자리를 같이하고 있었는데 워낙 여러 번 작업을 같이했기에 이런 회의가 익숙한 것 같았다.

"여긴 어때?"

"조금 어둡네요. 편집 때 손봐야 할 것 같습니다."

"그래, 도영이 시선 가는 뷰 라인을 조금 더 환하게 만들어. 그리고 이 장면은 음향이 작고 발음이 정확하지 않아서 관객들이 알아듣기 힘들겠다. 이건 부분 녹음을 다시 해야 되겠어."

"그렇게 하겠습니다."

김동혁이 지시를 할 때마다 감독들이 노트에 지시 내용들을 꼼꼼히 기록했다.

그는 자신이 지시한 내용은 별도 노트에 꼬박꼬박 적은 후 결정적인 시간이 되면 반드시 확인하는 절차를 가지기 때문에 대충 뭉뚱그렸다가는 나중에 치도곤을 맞는다.

거의 한 시간 가까이 회의가 진행된 후 감독들이 모두 나가자 마지막까지 남아 있던 유병철이 차갑게 식은 커피 잔을 들어 올렸다.

"감독님, 지금까지 촬영은 순조롭게 진행되고 있습니다. 다음 액션 신은 인천이라 선발 팀이 내일 떠날 예정입니다."

"언제지?"

"삼 일 뒤입니다. 야간 신이라 조명 팀하고 특수 팀이 먼저 출발하는 것으로 계획했습니다."

"좋아. 철저하게 준비해 줘. 그 장면이 하이라이트 중의 하나니까 준비에 만전을 기해야 돼."

"걱정하지 마십시오."

"의료 팀 준비하는 거 잊지 마라. 강도영이 그놈은 몸을 사리지 않기 때문에 다칠 가능성이 커."

"그놈 정말 물건입니다. 정말 대단해요."

"스타는 원래 갑자기 하늘에서 뚝 떨어지는 것처럼 나타나는 법이야."

"신인인데 연기력이 장난 아닙니다. 유혁에 비해 전혀 떨어지지 않아요. 아니, 이번 영화만 본다면 오히려 유혁이 밀릴 정돕니다. 액션 신에서 워낙 차이가 나기 때문에 강도영의 매력이 훨씬 더 돋보인단 말이죠."

"유혁이도 최선을 다하는 중이야. 본능적으로 위기감을 느끼고 있는 거지."

"어쨌든 그런 놈을 데려다 쓰는 감독님도 대단합니다. 아무래도 저는 이번 영화 끝나고 장사나 해야겠어요."

"무슨 소리야?"

"사람 보는 눈도 없으면서 영화 만든다고 껍적대는 게 한심해서 그래요."

"쓸데없는 소리 하고 있네. 이 사람아, 최 사장님이 그러는데 다음에는 자네한테 작품 하나 맡길 생각이라고 하더라."

"정말입니까!"

"뭘 그렇게 놀라, 장사한단 사람이."

"에이, 그거야 당연히 농담이죠. 존경하는 감독님께서 오직 최 사장님을 괴롭혔으면 그런 약속을 했겠습니까. 감독님 백 골난망이올시다."

"이런 쯧쯧… 곰탱이가 아부를 다할 줄 아네. 가서 일이나 해!"

*　　　　*　　　　*

거대한 집무실.

태극기와 대통령의 사진이 걸려 있는 이곳은 대한민국 치안을 담당하고 있는 경찰의 심장부, 경찰청장의 집무실이었다.

소파의 상석에 앉아 있는 사람이 경찰청장 나혁수였고 그의 양쪽으로 나란히 앉아 있는 사람들은 그의 수족인 수사국장 이홍규와 정보국장 임준현이었다.

그들의 분위기는 무거웠는데 뭔가 중요한 이야기를 나누고 있는 중인 것 같았다.

"특수본 비룡이 언제 만들어졌지?"

"15년 전에 만들어진 조직입니다. 수사권을 경찰이 가지면서 특수 사건을 해결하기 위해 만들어진 걸로 알고 있습니다."

"문장용이 며칠 전 사무실로 직접 나를 찾아왔다."

"그자가 왜 청장님을 찾아왔단 말입니까?"

"헤로인이 서울 시내에 유포되고 있다면서 대한회가 연루되어 있단 말을 하더라."

"대한회가 헤로인을요? 절대 그럴 리가 없습니다. 대한회는 지금까지 한 번도 마약에 관한 범죄를 저지르지 않았습니다."

"알고 있어."

"문장용이는 특수본을 실질적으로 이끄는 놈입니다. 본부장 고영일은 모든 일을 그자에게 맡겨놓고 있기 때문에 특수본 요원들은 문장용이를 본부장 대행으로 알고 있어요."

"고영일은 바보 같은 놈이야. 그런 놈이 도대체 어떻게 본부장을 맡고 있는 거야?"

"실적이 워낙 좋습니다. 문장용 그자가 설치면서 웬만한 사건들은 전부 해결하기 때문에 요즘 경찰에 대한 신뢰가 무척 높아진 상탭니다. 그래서 고영일은 문장용이를 자신의 분신처럼 여깁니다."

"…조직에서 상관을 제쳐두고 일을 하다니 하극상이군. 무능한 상관 밑에서 또라이가 설치면 특수본이 어떻게 되겠나?"

뭔가 더 말을 하려던 정보국장의 입이 자연스럽게 닫혔다.

청장이 던진 한마디가 모든 상황을 설명하고 있기 때문이다.

"아무래도 고영일 대신 다른 놈을 보내야겠어."

"누굴 말입니까?"

"박문기를 보내. 문기라면 그놈들을 철저히 통제할 수 있을 거야."

"문장용이도 전출시켜 버릴까요?"

"그건 천천히… 일단 고영일을 제치고 나서 해도 늦지 않아."

"알겠습니다."

수사국장이 고개를 숙이며 청장의 명을 받들었다.

박문기는 지금 자리에 없지만 경찰청 외사국장을 맡고 있는 청장의 수족이었다.

청장의 의중은 간단했다. 이 기회에 따로 놀고 있는 특수본을 완벽하게 자신의 수중에 넣겠다는 생각이었다.

"그놈은 대한회를 건드릴 테니 나보고 위에서 내려오는 압력을 막아달라고 하더라. 분수도 모르는 놈이야."

"대한회를 건드리면 틀림없이 청장님께 전화가 올 겁니다. 그것도 여러 군데서."

"어쩌면 좋겠나?"

"우리가 얻은 정보에 따르면 지금 서울 시내에 유포되고 있는 헤로인은 백사파가 주도해서 뿌린 겁니다. 그런데도 문장용이는 백사를 그대로 놔줘 버렸습니다. 이건 업무 태만에 해당되는 일입니다."

"그래서?"

"감찰 팀에 연락해서 추궁을 해야 할 사안입니다."

워낙 오랫동안 같이 일해왔기 때문에 정보국장은 청장의 심기를 단박에 알아채고 가려운 데를 긁어주었다.

하지만 청장의 입꼬리가 올라가지 않았다. 바라는 바가 아니란 뜻이었다.

"괜히 건드리지 말고 그냥 내버려 둬. 내가 생각하는 게 있으니까 말이야."

"예, 청장님."

"수사국장."

"예."

"특수본 수사권 지휘를 자네가 하고 있지?"

"그렇습니다."

"걔들 무슨 짓 하고 있는지 자세하게 파악해서 매일 보고하도록. 인사 명령 내릴 때까지 쓸데없는 짓 하지 못하게 하란 말이야. 알겠어?"

"예, 청장님. 청장님한테 누가 되지 않도록 바로 조치하겠습니다."

　　　　　*　　　　　*　　　　　*

　인천부두.

　밤을 환하게 밝히는 조명이 들어오고 스태프들이 정신없이 움직이며 촬영을 위해 만반의 준비를 하고 있는 중이었다.

　오늘 촬영을 위해 준비한 인원수는 배우들을 포함해서 스턴트맨까지 모두 70명이 넘었다.

　거기에 관련된 스태프들까지 모두 들어차자 인천부두는 시장통처럼 사람들로 북적였다.

　유병철이 슬그머니 메인 데스크 쪽으로 다가온 것은 강도영이 준비를 마치고 자신의 위치를 향해 걸어가고 있을 때였다.

　"긴장되는데요."

　"준비는?"

　"조명 다운은 금방 시작될 겁니다. 레일 완료됐고 세 대의 지미집이 세팅 중입니다. 카메라는 여섯 대를 동원했습니다."

　"좋아, 수고했어."

　"긴장도 되지만 기대도 됩니다. 아까 잠깐 봤는데 무시무시하더군요."

　"각오해. 오늘은 밤을 새워야 할지도 모르니까."

　"그렇지 않아도 각오하고 있습니다. 오프닝 때도 그 정도였는데 오죽하겠습니까."

유병철이 빙그레 웃으며 김동혁의 뒤통수를 향해 중얼거렸
다.

그의 말대로 오늘은 끝내주는 장면이 펼쳐지기 때문에 어
둠이 있는 한 촬영이 계속될 것이다.

*   *   *

강태산은 1팀 요원 5명을 이끌고 인천부두에 잠복한 채 놈
들이 들어오기를 기다리고 있었다.

새로 바뀐 본부장은 작전을 허락하지 않았으나 그는 연쇄
살인마를 쫓는다는 핑계를 대고 이곳으로 왔다.

백사에게 정보를 들은 것은 이틀 전이었다.

대한회 측에서 헤로인을 그들에게 오늘 전달해 주기로 했
다는 것이었다.

신빙성이 부족했고 뭔가 이상했으나 망설일 틈이 없었다.

본부장이 바뀌며 특수본은 예전과 달리 수사에 자꾸 제동
이 걸린 반면 마약의 유포는 점점 심해지고 있었다.

이번 작전도 문장용이 밀어붙이지 않았다면 시도조차 하지
못했을 만큼 특수본의 분위기는 사납게 변한 상태였다.

전임본부장 라인의 대부분이 도태되어 한직으로 물러나면

서 특수본은 마약보다 최근에 발생한 연쇄살인 사건에 총력을 기울이고 있었다.

오늘 대한회에 대한 증거를 확실히 잡지 못한다면 더 이상의 기회는 없을 것이다.

확신할 수 없으나 높은 쪽에서 그들이 모르는 뭔가가 진행되고 있다는 느낌이 강하게 들었다.

강태산은 부두로 들어오는 자동차의 불빛을 차가운 눈으로 노려봤다.

"기다려. 놈들이 거래를 끝낼 때 덮친다. 오케이?"

"알겠습니다."

부두로 들어온 차는 두 대.

그랜저가 먼저 들어왔고 BMW가 잠시 후에 불빛을 번쩍이며 나타났다.

차에서 내린 놈은 각각 둘씩 네 명이었는데 망설임도 없이 뭔가를 주고받는 게 보였다.

"가자!"

강태산이 먼저 달리자 잠복하고 있던 대원들이 뒤를 따랐다.

하지만 놈들은 마치 기다렸다는 듯 반대쪽을 향해 미친 듯이 도망치기 시작했다.

추적하려 했으나 강태산과 대원들은 더 이상 그들을 향해 움직이지 못했다.

그들을 감싸고 일어나는 검은 그림자들이 사방에서 다가왔기 때문이다.

뚜벅뚜벅.

수십 명의 사내가 어둠을 뚫고 다가오는 장면은 귀가 먹먹해질 정도의 두려움을 불러일으켰다.

강태산의 목소리가 거품처럼 일어난 것은 사방에서 다가온 적들을 확인한 후였다.

"이 개새끼들이 마약도 모자라서 경찰을 잡겠다고 함정을 파놨구만. 어쩐지 이상하다 했어."

"팀장님, 여길 빠져나가야 합니다."

"어디로?"

요원의 굳어진 목소리를 되받으며 강태산이 사방에서 다가오는 적들을 노려봤다.

물러설 데가 없다.

놈들은 작정을 하고 왔는지 요원들을 중심으로 점차 포위망을 좁혀 오는 중이었다.

강태산은 적들이 들고 있는 칼을 보며 인상을 긁었다.

일본도.

적들이 지닌 기세는 쉽게 찾아보기 없을 만큼 날카로웠고 두 눈에서 뻗어 나오는 살기가 시리도록 차가웠다.

강태산이 권총을 빼어 들자 나머지 요원들이 각자의 무기를 꺼내 사방에서 다가오는 적들을 겨냥했다.

타앙!

망설이지 않고 허공을 향해 단발사격을 가한 강태산이 앞에서 다가오는 놈을 향해 총구를 내밀었다.

"이 씨발 놈들이 어디서 칼을 들고 지랄이야. 칼 내려! 전부 죽기 싫으면."

"크크크크……."

강태산의 협박에 어둠 속에서 웃음이 들려왔다.

전혀 총구를 두려워하지 않는 웃음이었다.

적들의 공격이 시작된 것은 뒤에서 들려온 웃음이 끝났을 때였다.

따앙, 땅… 탕……!

요원들의 총에서 불이 뿜어졌다.

칼을 들고 죽이기 위해 달려드는 적들을 향해 쏘아진 총구의 불빛은 어둠을 뚫고 사방으로 쏟아져 나갔다.

그러나 쓰러지는 놈들은 없었다.

총구에서 빠져나온 총알은 적들의 사지를 찢을 수 없는 공포탄으로 채워져 있었기 때문이다.

누군가 총알을 바꿔놓았다. 그들을 죽음 속으로 몰아넣기 위해서.

"이런 좆 같은 새끼들이."

강태산이 권총을 뒤춤에 찔러넣고 곧장 앞으로 튀어나갔다.

특수본의 요원들은 수십만 경찰 중에서도 최고의 능력을 가진 베스트들로 구성되어 있으나 50명이 넘는 적을 상대한다는 건 결코 쉬운 일이 아니었다.

더군다나 적들은 일본도로 무장되어 있었기 때문에 이대로 부딪치면 목숨이 위험했다.

"씨발. 경석아, 애들 데리고 빠져나가. 저쪽 컨테이너 보이지?"

"보입니다."

"전력으로 저기까지 뛴다. 알겠어?"

"예."

동쪽으로 다가오는 적들의 포위망을 향해 강태산이 먼저 치고 나갔고 그 뒤를 요원들이 따랐다.

강태산은 좌에서 우로 베어온 칼을 피하며 순식간에 두 놈을 해치우고 곧장 뒤를 채우는 적들을 향해 폭풍처럼 질주해 나갔다.

요원들을 피신시키기 위해서는 단박에 포위망을 허물어야 했다.

공중으로 뛰어오른 강태산이 주먹으로 선두에서 다가온 놈의 콧잔등을 부순 후 곧장 회전하며 좌측에서 찔러온 칼을 발로 걷어찼다.

그러고는 전력으로 포위망을 뚫고 질주하는 요원들을 따라 컨테이너 쪽으로 달렸다.

컨테이너까지의 거리는 30m.

컨테이너까지만 이동하면 놈들은 요원들을 포위하지 못한다.

더군다나 컨테이너 사이가 좁고 미로처럼 연결되어 요원들이 도주할 수 있는 가능성을 높일 수 있었다.

강태산은 컨테이너에 도착하자 놈들이 입구로 들어오지 못하게 우뚝 서서 움직이지 않았다.

마치 장판교에서 장비가 조조의 백만 대군을 막아선 것처럼 그는 야쿠자에게 뺏은 일본도를 들고 하얀 이를 드러냈다.

"말을 하지 못하는 걸 보니 야쿠자들이구나. 그렇지? 어이, 거기 웃고 있는 놈. 한국말 할 줄 아나?"

강태산이 뒤쪽에 서 있는 콧수염 사내를 똑바로 쳐다보며 말을 건넸다.

그러자 놈이 여전히 비릿한 웃음을 흘리며 앞으로 나왔다.

"어차피 도망가지 못한다. 이 컨테이너가 너희들을 지켜줄 수 있을 거라 생각했다면 오산이야. 바보 같은 놈. 오히려 이 컨테이너는 너희들의 무덤이 될 것이다."

놈의 말에 강태산의 시선이 흔들렸다.

공격해 온 놈들의 상당수가 보이지 않았다. 그것은 컨테이너의 구조를 완벽하게 파악하고 도주하는 요원들을 잡기 위해 이동했다는 것을 나타냈다.

그럼에도 강태산은 이빨을 드러낸 채 움직이지 않았다.

"야, 쪽빠리, 하나만 묻자."

"뭐냐?"

"헤로인 말이야, 그거 너희들이 가져온 거냐?"

"크크크… 별걸 다 묻는군. 죽을 놈이 그런 걸 알아서 뭐 해?"

"대충 알겠다. 너희들이 제공하고 대한회에서 뿌린 모양이구나. 오케이, 접수 끝. 자, 그럼 놀아볼까? 와봐. 오늘 내가 대한민국 경찰이 얼마나 지독한지 똑똑히 확인시켜 줄게."

강태산이 피 묻은 칼을 허공에 휘두른 후 적들을 향해 곧게 뻗었다.

진격세로 뻗어나간 칼이 미동조차 하지 않고 적들을 겨냥하며 푸른 살기를 뿜어냈다.

이윽고 적들의 공격이 시작되었다.

이곳에 남아 있는 놈들의 숫자는 20여 명에 가까웠으나 강태산은 전혀 두려워하지 않고 적들을 맞아들였다.

무섭게 허공을 가르는 칼들이 무차별적으로 강태산을 향해 쏟아졌다.

그러나 강태산은 컨테이너의 좁은 골목을 틀어박고 차례차례 적들을 쓰러뜨리기 시작했다.

"커억, 컥!"

시간이 지날수록 비명을 지르며 나가떨어지는 적들의 숫자가 증가했다.

강태산의 칼은 무시무시했다.

다수를 상대로 움직이는 그의 칼은 적들의 칼을 부수고 들어가 단숨에 숨통을 끊어놓을 정도로 위력적이었다.

하지만 강태산의 상태도 좋지 못했다.

워낙 다수를 상대하다 보니 전신에 자상을 입어 피가 울컥울컥 새어 나오고 있었다.

얼마나 시간이 지났을까.

온몸이 피투성이로 변한 강태산 앞으로 콧수염의 사내가 나왔다.

놈의 칼이 세상에 나오면서 달빛을 받아 허연빛을 쏟아냈다.

콧수염 사내는 부하들이 열댓 명이나 쓰러지고 나서야 강태산의 상태를 확인하고 앞으로 나섰는데 그저 칼을 뽑은 것만으로 엄청난 기세를 뿜어내고 있었다.

강태산은 숨을 헐떡이며 놈이 다가오는 것을 보다가 하얀 웃음을 흘렸다.

"역시 쪽빠리야. 좆나게 비겁하거든."

"빠가야로!"

"내가 조금 무식해도 그건 알아듣겠다. 개새끼, 힘들어죽겠는데 욕을 하고 있네. 경찰한테 욕하면 돼져, 이 새끼야!"

강태산이 칼을 들고 앞으로 튀어 나갔다.

그러자 콧수염이 마주 돌진해 오며 칼을 치켜드는 게 보였다.

그러나 놈은 칼을 휘두르지 못했다. 강태산이 옆으로 빠져나가며 전권에서 벗어났기 때문이다.

"씨발 놈아, 나중에 보자. 내가 지금은 바빠서 그냥 가지만 반드시 이 선물 갚아줄 테니 모가지 씻어놓고 기다려."

전신처럼 싸우던 강태산이 놈의 칼을 피해 미친 듯이 컨테이너 사이를 빠져나가 뛰기 시작했는데 바다가 보이는 항구 쪽이었다.

뒤늦게 뒤에서 대기하던 적들이 급히 추적했으나 그들은 강태산이 바다로 뛰어드는 것을 막을 수는 없었다.

이대로 가는 것이 억울했으나 반드시 살아야 한다.

얼마나 많은 요원이 죽었는지 알 수 없으나 지금은 사는 것이 중요했다.

뒤쪽 먼 곳에서 들여왔던 경석이의 비명 소리가 환청처럼 그를 괴롭혔으나 이를 악물고 참았다.

먼저 가서 기다려… 내가 반드시 복수해 줄게, 반드시!

      *   *   *

새벽 5시.

모든 촬영이 끝나자 동녘이 밝아오며 어둠이 슬금슬금 걷혀가고 있었다.

무려 10시간의 촬영.

강도영은 파랗게 질린 얼굴로 전신이 물에 빠진 생쥐 꼴을 한 채 밴으로 엉금엉금 기어오는 것처럼 걸어왔다.

그걸 보면서 서현탁이 부랴부랴 뛰어나왔다.

"아이고, 이 짓도 못 하겠구나. 감기 들겠다. 이걸로 일단 싸매자."

서현탁이 들고 있던 담요로 강도영의 온몸을 감쌌다.

바닷물의 짠 내가 진동을 했으나 강도영은 담요로 몸을 감은 채 부들부들 떨어댔다.

벌써 세 번이나 바다에 빠졌기 때문에 온몸이 얼어붙을 것처럼 차가웠다.

아직 10월이었으나 바닷물의 온도는 상상하기 힘들 만큼 시렸다.

"히터 좀 올려봐라. 추워죽겠다."

"영화배우도 할 게 못 되네. 인기를 얻으면 뭐 해, 잘못하면 죽게 생겼는데."

서현탁이 강도영의 몸을 문지르다가 히터를 올리기 위해 앞으로 가면서 중얼거렸다.

그를 대신해서 다가온 것은 서은경이었다.

"내가 만진다고 흥분하지 마. 난 여자가 아니라 코디야. 알았지?"

그 와중에 농담을 한다.

서은경은 담요 속으로 손을 집어넣고 강도영의 몸을 정신없이 비볐다.

그 손길을 강도영은 고스란히 받으며 견뎠다.

평상시 같으면 말도 안 되는 상황이었으나 그의 몸은 차가워질 대로 차가워져 제대로 움직이기도 힘들었다.

"가만있어 봐. 붕대를 갈 테니까 아파도 참아."

서은경이 한참을 문지르다가 담요 사이로 피가 새어 나오는 강도영의 팔을 빼냈다.

액션 신을 찍다가 칼에 베인 상처가 제법 크게 나 있었다.

팔과 다리를 보호하기 위해 보호대를 착용했음에도 워낙 격렬한 촬영을 했기 때문에 네 군데가 넘게 상처를 입은 상태였다.

서은경이 붕대를 풀자 시퍼렇게 죽은 팔뚝이 나타났다.

그 상처를 서은경이 정성스럽게 약을 바른 후 붕대로 감았다.

팔이 끝나자 허리와 다리를 같은 방법으로 치료한 그녀가 천천히 물러나며 강도영의 눈을 바라보았다.

"너 왜 이러니?"

"뭐가요?"

"오늘만 살고 죽을 것처럼 하잖아. 이렇게 하지 않아도 돼. 너무 위험한 건 스턴트맨을 써도 된단 말이야."

"그렇게 해서는 현실감이 떨어져요. 감독님도 내가 직접 하는 걸 원하세요."

"그러다 다치면 감독이 책임진대? 지금 네 꼴을 봐. 온몸이 멍투성이잖아!"

"이런 건 아무것도 아니에요."

"그럼 너한테 중요한 건 뭔데. 네 몸을 이렇게 학대하면서까지 얻으려는 게 뭐야!"

"누나… 나는……."

강도영이 서은경의 눈을 바라보며 천천히 입을 열었다.

떨리는 음성.

추위 때문만은 아니다. 자신을 걱정해 주는 서은경의 마음이 너무나 고마워서… 그래서 자신도 모르게 목소리가 갈라져 나왔다.

"살아오면서 나는 수많은 좌절을 겪었어요. 이런 기회를 잡기까지 세 번이나 자살을 시도할 만큼 힘든 시간들이었어요.

저한테는 누나가 모르는 비밀이 있거든요."

"그게 뭔데?"

"지금은 말할 수 없지만 나중에, 아주 나중에… 말해 드릴 게요."

"휴우……."

"그래서 그래요. 한순간을 살아도 불꽃처럼 사는 것, 모든 순간을 그렇게 살기로 결심했는데 어떻게 편한 걸 찾을 수가 있어요. 나는 사람들의 기억 속에 영원히 남는 스크린의 별이 되고 싶어요. 그때까지… 지쳐 쓰러져도 계속해서 다시 일어 날 겁니다."

＊　　　　＊　　　　＊

10개월이란 시간은 짧았지만 영원처럼 흘러갔다.

'히어로'를 찍으며 겪어야 했던 고생은 이루 말할 수가 없었 다.

단 한 장면도 대역을 쓰지 않고 직접 몸으로 부딪쳤기 때문 에 강도영은 촬영을 하면서 수많은 부상에 시달렸다.

가장 큰 부상은 건물의 창문을 뚫고 나오는 장면에서 발생 했는데 떨어지면서 다리가 크게 접질려 보름 동안 움직이지 못했다.

'히어로'는 단 한순간도 눈을 떼지 못할 정도의 암투와 배신, 그리고 사내들의 우정과 의리가 그대로 담겨진 영화였다.

시나리오의 완벽함은 두말할 것 없었고 대사 하나하나마다 비장미가 넘쳐났다.

더군다나 영화 전반에 흐르는 속도감은 다른 영화에서 찾아보지 못할 정도로 압권이었다.

*　　　　*　　　　*

강도영은 마지막 신을 찍기 위해 촬영장으로 향했다.

야쿠자의 자금으로 성공 가도를 달리던 국회의원들과 경찰청장을 깡그리 때려잡은 유혁과 강도영이 마지막으로 남아 있는 야쿠자의 보스를 처단하는 장면이었다.

강도영은 촬영장에 도착해서 감독과 스태프들에게 인사를 한 후 스트레칭으로 몸을 풀며 땀을 흘렸다.

마지막 장면은 국내에 잔류하던 야쿠자들을 일망타진하는 장면이었기에 20여 대의 차량이 동원되었고 출연하는 배우들과 스턴트맨의 숫자가 100여 명에 달했다.

"컨디션 괜찮냐?"

"좋습니다."

유혁이 쉬고 있는 강도영에게 다가와 빙긋 웃으며 물었다.

그는 강도영의 연기 열정에 칭찬을 거듭했는데 촬영이 끝날 때가 되자 마치 친동생처럼 대했다.

"다치지 않도록 조심해. 내가 말려도 촬영에 들어가면 미친 놈으로 변할 테지만 제발 몸조심하면서 하란 말이야."

"그러겠습니다."

강도영이 유혁의 걱정에 웃음으로 답했다.

감독의 사인에 맞춰 조명이 켜지면서 7대의 카메라가 동시에 움직이기 시작했다.

강도영은 건물의 정면에서 유혁과 대기하다가 사인이 떨어지자 문을 박차고 야쿠자들이 잔뜩 모여 있는 복도를 향해 뛰어들었다.

*   *   *

"아이고, 저… 저……."

유병철이 퍽퍽 나가떨어지는 스턴트맨들을 바라보면서 자신도 모르게 계속 앓는 소리를 냈다.

이건 영화 촬영이 아니라 실제로 싸움이 벌어지는 것처럼 보였다.

그것도 너무나 무지막지해서 그저 보는 것만으로도 질릴 정도로 엄청난 싸움이었다.

잘 짜인 각본에 의해 움직이는 것이었으나 강도영은 물론이고 유혁마저 실제로 싸우는 것처럼 무섭게 날아다녔다.

코리아의 조철상이 액션에서는 탑이라더니 이래서 그런 모양이다.

다른 영화에서처럼 맞지도 않았는데 쓰러지는 경우가 한 번도 없었고 스턴트맨들은 맞을 때마다 고통스러운 표정을 지으며 픽픽 나가떨어졌다.

피하고 치는 장면이 너무나 생생해서 자신이 직접 싸움판에 있는 것처럼 오금이 저려왔다.

하지만 김동혁은 저런 싸움 속에서 작은 부족함을 여실히 찾아내며 컷을 반복했다.

배우들도 지쳤고 야쿠자 역을 맡은 스턴트맨들도 연신 가쁜 숨을 토해냈다.

벌써 7번째 촬영.

김동혁은 이번 촬영에 영화의 사활을 건 사람처럼 숨 쉴 새 없이 배우들을 향해 고함을 질러대고 있었다.

*　　　*　　　*

신은시가 촬영장에 도착한 것은 오후 2시가 다 되었을 때였다.

마지막 촬영을 한다는 소식에 오전 스케줄을 끝내자마자 달려왔는데 이미 촬영은 시작된 후였다.

그녀가 도착해서 촬영장으로 향할 때 서현탁이 물병을 양손에 들고 부지런히 걸어가는 것이 보였다.

"안녕하세요."

"어… 은서 씨가 웬일이세요?"

"놀러왔어요. 도영 씨, 마지막 촬영을 한다고 해서."

"촬영 시작됐으니까 빨리 와서 보세요. 가까이 가면 감독님이 화내거든요. 그래서 저쯤에서 봐야 해요."

"호호, 고마워요."

서현탁과 함께 그가 가리킨 곳으로 갔다.

그곳은 메인 데스크와 10m 정도 떨어진 곳인데 배우들의 매니저와 코디들이 잔뜩 몰려 있었다.

그녀가 갔지만 아무도 돌아보지 않았다.

10여 명의 사람은 촬영장에 시선을 고정시키고 있었는데 정신이 팔렸는지 그녀가 다가서도 눈조차 돌리지 않았다.

사람들의 뒤에 조용히 서서 촬영장을 바라봤다.

익숙한 얼굴, 거기에 강도영이 있는 게 보였다.

반가움이 먼저였으나 곧 두 눈이 커지며 점점 입이 벌어졌다.

그러고는 비명 소리가 새어 나오기 시작했다.

입을 막으며 신음 소리가 새어 나오지 않도록 노력했으나 강도영이 움직일 때마다 입을 막은 손을 뚫고 신음 소리는 계속해서 삐져나왔다.

아…….

강도영이 때릴 때도, 그리고 맞을 때도 온몸에 전율이 흘렀다.

저건 영화가 아니다.

얼굴은 물론이고 온몸에 작렬하는 주먹과 발길질에는 섬뜩한 공포가 자리하고 있었다.

보는 것만으로도 무서웠다.

언제나 부드러웠던 강도영은 마치 아귀처럼 적들을 공격하고 있었는데 온몸에서 카리스마가 폭풍처럼 쏟아져 나오고 있었다.

　　　　*　　　　　*　　　　　*

감독의 입에서 1차 촬영의 오케이 사인이 떨어지자 강도영이 풀썩 주저앉아 버렸다.

그토록 오랜 시간을 이 순간을 위해 훈련해 왔으나 체력이 완전히 고갈되어 숨이 턱까지 차올랐다.

"고생했다."

오케이 사인이 나는 걸 확인한 서현탁이 총알같이 뛰어들면서 강도영을 부축하며 물을 내밀었다.

유혁은 반대쪽에서 쓰러져 있었는데 일어날 힘도 없는 것 같았다.

강도영이 물을 벌컥벌컥 마실 때 김동혁의 입에서 30분 휴식이라는 지시가 떨어졌다.

배우들은 물론이고 스태프들마저 그 자리에 주저앉으며 긴 한숨을 토해냈다.

3시간의 액션 신.

배우들도 힘들었지만 긴장 속에서 촬영에 임했던 스태프들마저 서 있는 사람이 없었다.

"도영아, 은서 씨 왔다."

"응?"

"마지막 촬영한다고 응원 왔다더라. 저기 오네."

서현탁이 가리킨 곳에서 신은서가 걸어왔다.

그녀의 얼굴에는 웃음 대신 어두운 불안감이 자리 잡고 있었다.

"도영 씨, 괜찮아요?"

"헉헉… 괜찮습니다. 조금 지나면 금방 회복될 거예요."

"난 지금도 가슴이 쿵쾅거려서 어쩔 줄 모르겠어요. 이건 촬영이 아니라 진짜 싸우는 거잖아요. 여기 입술에 피 좀 봐.

어떡해요……"

"아무래도 촬영 끝나면 보약 좀 먹어야겠어요. 너무 힘들었거든요."

"보약요?"

"원기 회복에는 100년 묵은 산삼이 최고라던데 그건 비싸서 안 되겠고 인삼이라도 먹어야겠어요."

"어휴… 농담하는 거 보니까 아직 살 만한 모양이네요."

"은서 씨가 응원 왔잖아요. 그래서 그런가 부쩍 힘이 나는데요."

"이제 한 신 남았다면서요?"

"예. 마지막 보스만 때려잡으면 됩니다."

"그럼 우리 같이 저녁 먹어요. 산삼은 못 사주지만 기력 회복에 좋다는 장어는 사줄 수 있어요."

"나 배고파서 많이 먹을 텐데요. 그리고 현탁이는 먹보거든요. 은경이 누나도 그렇고. 돈 많이 나올 거예요."

"호호, 괜찮아요. 나중에 내가 도영 씨한테 많이 얻어먹으면 되죠."

*   *   *

휴식이 끝나자 강도영은 신은서를 뒤로하고 천천히 촬영장으로 들어섰다.

이제 마지막 보스를 때려잡는 것을 끝으로 강도영의 연기는 모두 끝나기 때문에 슬그머니 긴장감이 올라왔다.

휴식을 끝낸 스턴트맨들이 여기저기에 자리를 잡은 채 쓰러졌고 유혁도 온몸에 피를 흘리며 기둥에 등을 대고 앉았다.

유혁은 이전 싸움에서 여러 군데 칼질을 당해 전투 불능이 된 상태를 연기해야 했다.

"스탠바이, 배우들 준비 끝나면 사인 주세요. 도영이 몸에 피 좀 더 뿌려. 촬영 들어가면 쓰러진 스턴트맨들은 신음 소리 좀 질러주시고. 자, 가 보자고. 마지막이니까 모두 힘냅시다."

메가폰을 잡은 김동혁 감독의 음성에 힘이 실려 있었다.

오랜 촬영으로 인해 진이 빠졌을 텐데도 그의 목소리는 여전히 카랑카랑했다.

강도영은 찢어진 옷 사이로 뿌려진 물감의 진득함을 느끼며 중앙에 서서 감독의 사인이 떨어지기를 기다렸다.

이제 정말 마지막이다.

야쿠자의 보스로 나오는 배우는 코리아에서 탑으로 치는 김현영이었다.

김현영은 무술이 모두 합해 19단으로 액션 영화를 전담으로 맡아온 베테랑 중의 베테랑이었다.

김동혁 감독이 일반 배우를 쓰지 않고 김현영을 발탁한 것은 조철상의 조언이 한몫했다.

조철상은 강도영과 상대할 수 있는 배우는 김현영이 유일하다며 강력히 주장했는데 마지막 하이라이트가 영화 전반에 미치는 영향을 누차에 걸쳐 설명했다고 한다.

이윽고 강도영은 감독의 사인이 떨어지자 성큼성큼 칼을 빼 들고 조용히 서 있는 김현영의 앞으로 나아갔다.

"헉헉, 내가 말했지. 받은 건 반드시 돌려준다고. 씨발 놈아, 이제 둘만 남았다. 이제부터 네 목을 따줄게."

"크크크… 돌아가기 전에 너만은 죽여야겠구나. 조선에 너 같은 놈이 있을 줄은 몰랐어. 10년 공든 탑을 무너뜨렸으니 사지를 잘라주마."

"잘라봐, 이 개새끼야!"

강도영이 말을 끝내는 동시에 김현영의 가슴을 향해 뛰어들었다.

하지만 김현영의 칼이 번뜩하며 전진하는 강도영의 가슴과 옆구리를 향해 번개같이 움직였다.

그때부터 무시무시한 결투가 벌어졌다.

강도영은 김현영의 칼이 자신의 몸을 스칠 때마다 머리칼이 곤두섰다.

날을 죽였지만 김현영이 휘두르는 칼은 진짜였다.

온몸에 보호갑을 착용했어도 사전 합의를 거쳐 힘을 죽이지 않는 것으로 약속했기 때문에 스쳐 맞아도 온몸이 멍든다.

문제는 보호갑이 착용되지 않는 손과 발, 그리고 목과 얼굴이었다.

자칫 칼이 그곳을 지나간다면 치명적인 부상을 당할 가능성이 매우 컸다.

그럼에도 강도영은 조금의 망설임도 없이 약속된 시나리오대로 과감하게 움직이며 싸워 나갔다.

죽어도 좋다. 여기서…….

*　　　　　*　　　　　*

"악, 어떡해요!"

강도영이 쓰러지자 신은서가 비명을 지르며 서현탁을 부여잡았다.

김현영이 쓰러진 강도영을 급하게 부축했고 스태프들이 달려 들어가는 게 보였다.

돌려차기 하던 강도영의 발목을 향해 내갈긴 칼이 그대로 적중하며 강도영이 쓰러졌던 것이다.

강도영은 고통스러운 표정을 지으며 쉽게 일어서지 못하다가 한참이 지나서야 이를 악물고 허리를 치켜세웠다.

대기하고 있던 의료진이 벗겨낸 강도영의 발목은 시퍼렇게 죽은 채 퉁퉁 부어오르기 시작하는 중이었다.

불행 중 다행이었다.

발목이 다치는 걸 막기 위해 보호대를 착용하지 않았다면 이 정도로 끝나지 않았을 것이다.

"도영아, 괜찮냐?"

"괜찮습니다. 조금 있으면 움직일 수 있을 것 같습니다."

급하게 뛰어든 김동혁이 묻자 강도영이 두 눈을 질끈 감았다가 뜨면서 대답을 했다.

하지만 고통에 겨워 얼굴은 잔뜩 찡그려져 있었다.

"잠시 쉬었다 가자. 얼음 아직이야? 빨리 가져오라고 했잖아!"

김동혁이 스태프들을 향해 고함을 질렀다.

그토록 냉철했던 김동혁도 이번 강도영의 부상에는 얼굴이 잔뜩 굳어져 있었다.

신은서는 걱정스러운 표정으로 강도영이 일어서는 것을 지켜보며 안절부절못했다.

달려가 그의 상태를 확인하고 싶었지만 그럴 수가 없었다.

여배우로서, 아직 사랑을 얻지 못한 여자로서 함부로 다가가 강도영의 상태를 걱정한다는 것은 어리석은 짓이기 때문이었다.

절룩거리며 일어선 강도영은 의료진에게 뭔가를 이야기하는 것 같더니 발목 쪽에 주사를 맞았다.

"저게 뭐예요?"

"그게… 아무래도 진통제 같아요."

"진통제요? 지금 저 몸으로 계속 촬영하겠다는 거예요!"

"아무래도 그런 것 같아요."

신은서의 고함에 서현탁이 답답한 음성으로 대답했다.

바보다. 그리고 자신의 몸을 혹사하는 멍청이다.

달려가 하지 말라고 소리치고 싶었다. 혼신의 힘을 다하는 것과 자신의 몸을 망치는 건 같은 이야기가 아니었다.

하지만 그녀는 강도영의 눈을 확인하는 순간 아무 말도 할 수 없었다.

결연한 의지.

이 촬영을 반드시 끝내겠다는 그의 의지가 두 눈에 가득 담겨 있었다.

강도영은 왼발을 절룩거리며 유혁을 부축한 채 천천히 출구를 향해 걸어 나갔다.

온몸에 피 칠을 한 두 사람의 몸은 비장 그 자체였다.

"오케이!"

김동혁 감독의 입에서 사인이 떨어지자 모든 사람의 입에서 동시에 환호성이 터져 나왔다.

장장 10개월에 걸친 촬영이 모두 끝나는 순간이었기에 스태 프들은 물론이고 배우들과 매니저까지 서로를 부둥켜안고 기 쁨을 숨기지 못했다.

강도영이 절룩거리며 다가오자 데스크에서 빠져나온 김동혁 이 천천히 걸어 나와 그를 안아주었다.

칭찬이다. 그리고 격려다.

"강도영, 수고했다."

오직 한마디.

화려한 칭찬은 아니었으나 그 한마디에 모든 것이 담겨 있 었다.

김동혁이 한마디를 남긴 채 정리를 위해 돌아서는 것을 보 며 강도영은 아픈 다리를 이끌고 선배 배우들과 스태프들에 게 일일이 찾아다니며 수고했다는 인사를 했다.

사람들은 아낌없이 그를 격려하며 어깨를 두드려 주었다.

촬영을 위해 자신의 몸을 사리지 않는 그의 의지와 노력을 알기에 그의 어깨를 두드려 주는 사람들의 손에는 따뜻함이 가득 담겨 있었다.

인사를 끝내고 천천히 돌아서서 촬영장을 빠져나오자 반대

쪽에서 기다리고 있던 신은서가 다가왔다.

그녀의 얼굴에 어느새 아름다운 웃음이 다시 만들어져 있었다.

"도영 씨, 수고했어요. 그리고 정말 멋졌어요."

제28장
개봉 박두

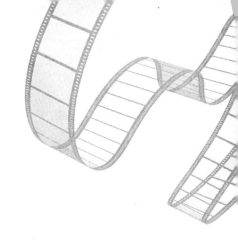

　김동혁이란 이름과 유혁에 대한 믿음은 '히어로'의 촬영이 끝났다는 소식과 편집 과정에 들어갔다는 것이 알려지면서 화제로 떠오르기 시작했다.

　그리고 예고편이 방영되기 시작하자 대중들의 관심은 뜨겁게 달아올랐다.

　유혁은 남녀노소를 가리지 않는 전천후 스타였기에 개봉을 기다리는 영화 팬들의 성화는 그야말로 난리가 아니었다.

　김동혁 감독은 예고편의 제작을 위해 회의를 하면서 중요한 부분은 모두 가리고 영화의 줄거리를 소개하는 쪽으로 가닥을 잡았다.

예고편에서 모두 보여주고 망한 영화들을 너무나 많이 봤기 때문이다.

그럼에도 막상 예고편이 나오자 영화 사이트에는 인터넷 유저들의 댓글들이 홍수를 이뤘다.

맛보기에 불과했음에도 김동혁은 관객들의 흥미를 유발시킬 수 있는 교묘한 편집으로 대중들의 호기심을 끌어내는 데 성공했기 때문이다.

*　　　　*　　　　*

"야, 너 히어로 예고편 봤어?"

"당근 봤지."

"재밌을 것 같지 않냐. 예고편만 봤는데도 화끈한 것 같더라."

"난 그거 개봉하면 무조건 본다. 요즘 재밌는 영화가 없어서 심심했는데 엄청 기대된단 말이지. 더군다나 김동혁 감독이 만든 거라잖아. 거기에 주연배우가 유혁이면 끝난 거 아냐?"

이야기의 시작은 김찬종이 했는데 더 거품을 문 건 이희식이었다.

둘은 단짝으로 학교에 있을 때는 언제나 같이 붙어 다니는 사이였다.

"지켜봐야지. 사대천왕이 나온다고 전부 성공하는 건 아니더라. 저번에 개봉했던 '새벽의 전차' 완전 망했잖아."

"그땐 감독이 신인이라서 그랬지. 아무래도 검증되지 않은 감독 작품은 실패하는 경우가 많거든."

"하긴, 김동혁 감독이면 믿을 만하지."

"두고 봐. 내 감각으로 봤을 때 이 영화는 성공한다. 벌써 스토리가 흥미진진하잖냐. 거기에 유혁의 연기력이라면 반은 먹고 들어가."

둘은 학생식당에서 밥을 먹고 있었기 때문에 이희식이 숟가락을 휘두르며 일장연설을 하자 사람들이 다 들었다.

같은 식탁에 앉아 있던 권숙진이 불쑥 끼어든 건 그의 목소리가 그만큼 컸기 때문일 것이다.

권숙진은 그들과 같은 과에 다니는 토목과의 꽃으로 많은 남자의 사랑을 받는 여학생이었다. 토목과는 과 특성상 여자가 거의 없는 편이라 권숙진같이 예쁜 여학생은 돌연변이로 취급될 정도였다.

"유혁만 주인공이 아냐. 거기에 강도영도 나와."

"강도영이 누군데?"

"용의 칼에서 호위 무사 역을 맡은 사람인데 모르니?"

"난 용의 칼 안 봤거든. 친구가 재미없었다고 그래서 보려다 말았어."

"에휴, 친구 잘 둬. 용의 칼 한번 봐라. 강도영의 액션 신이 백미야. 정말 죽여줬어."

"그래?"

이희식이 권숙진의 말을 듣고 솔깃하다는 듯 눈을 오므렸다.

그는 액션 영화라면 사족을 못 쓰는 사람이었다.

"용의 칼이 네 말대로 영화 내용은 조금 부실해. 시나리오가 뒤죽박죽이라서 처음에는 별로였는데 강도영의 액션 신 때문에 흥행한 거야."

"꽤 하는 모양이지?"

"백날 말로 하면 뭐 하니. 직접 눈으로 봐야 알지. 그 사람 커피 광고 때 여자들이 전부 넘어갔잖아."

"아하, 강도영이 그 커피 광고에 나온 애구나. 기생오라비같이 생긴 놈. 그런 놈이 해봤자 얼마나 하겠어. 괜히 기대를 했네."

"보든 말든 그건 네 자유니까 상관 안 하지만 선입견은 버리는 게 좋을 거야. 그 사람 정말 연기 잘해. 액션도 훌륭하고."

"어차피 유혁이 나와서 히어로는 꼭 볼 생각이다. 그때 확인하면 되겠지. 얼마나 대단하길래 우리 숙진이가 뻑 갔는지 내가 눈을 동그랗게 뜨고 지켜본다."

"홍, 마음대로 하셔. 난 동아리에 가야 되니까 먼저 일어날게. 다음 강의 시간에 보자."

*　　　　　*　　　　　*

예고편이 제작한 후에도 본 영화의 편집은 오래 걸렸다.

보통 영화의 편집은 3개월 정도 걸리는데 '히어로'는 무려 5개월이 소요되었다.

이번에도 완벽을 추구하는 김동혁으로 인해서였다.

그는 CG와 음향 효과, 배경 음악까지 일일이 간섭하며 무한 반복해서 교정을 했기 때문에 실무를 담당하는 스태프들이 반쯤 죽어갔다.

그 와중에 배우들에 대한 인터뷰 요청이 쇄도했다.

유혁은 물론이고 더블 주연을 맡은 강도영도 연일 인터뷰에 시달렸는데 그중에는 유정희도 포함되어 있었다.

"도영 씨, 이번 영화 찍으면서 고생했다면서요?"

"예, 죽다 살아났습니다."

활짝 웃는 그녀를 향해 강도영의 입에서 불쑥 농담이 새어 나왔다.

천성적으로 남 앞에서 농담이 익숙하지 않은 그였지만 유정희의 웃는 얼굴을 볼 때면 너무 마음이 편해져 자연스럽게 농담이 나왔다.

"많이 다쳤었다고 들었어요."

"아무래도 액션 신이 많다 보니까 그렇게 되었어요. 그래도 유 기자님을 만나려고 필사적으로 살아남았습니다. 살아서 이렇게 유 기자님을 보니까 너무 반갑네요."

"어머, 그런 멘트 하지 말라고 그랬잖아요. 심장 뛰게 왜 그러세요?"

그녀가 버릇처럼 자신의 가슴을 양손으로 가렸다.

천성일까?

상대의 농담을 받아들이는 그녀의 리액션은 자연스럽고 유쾌해서 아름다운 개그맨을 연상시켰다.

"유 기자님, 요즘 내가 인터뷰를 너무 많이 해서 힘들어요. 똑같은 질문을 계속 받다 보니까 녹음기가 된 것 같은 착각이 들거든요. 그동안 다른 기자님들한테 영화에 대해서는 대부분 얘기했으니까 영화 말고 다른 질문하면 안 돼요?"

"돼요."

"정말요?"

"그럼요, 그렇지 않아도 영화 말고 다른 거 질문할 게 있었거든요."

"어, 난 농담한 건데 진담으로 받아들이면 어떡해요. 갑자기 등골이 싸늘해지잖아요."

"호호… 아마 긴장해야 될걸요."

"아, 괜히 말했어. 갑자기 두통이 생기네."

강도영이 자신의 머리를 짚으며 아픈 시늉을 했다.

이상하다.

그녀만 앞에 있으면 자연스럽게 농담이 나와서 어떨 때는 말해놓고도 자신의 행동이 이해되지 않았다.

"저야 연예부 기자니까 스타에 대한 특종을 만드는 게 직업이에요. 그러니까 조금 난감한 질문을 해도 이해해 주세요."

"너무 분위기 잡으니까 겁나잖아요. 무슨 질문인데 그래요?"

"소문에 강도영 씨가 신은서와 사귄다는 말이 있어요. 그거 들어봤어요?"

"아뇨."

"인터넷에 지금 급속도로 사진이 퍼지고 있는 중이에요. 두 사람이 같이 밥 먹는 사진이 예쁘게 찍혔던걸요?"

"하하하… 그랬나요. 그런데 어쩌죠. 둘이 아니라 넷이 먹었는데. 그것도 삼겹살집에서."

"넷이라고요?"

"신은서 씨와는 두 번 같이 식사를 했어요. 내 매니저랑 코디 누나하고 같이. 두 사람만 찍혔다면 누군가 고의로 그런 것 같네요."

"호오, 그래서 사귀지 않는단 말이에요?"

"신은서 씨는 용의 칼을 찍었을 때부터 친분을 이어왔어요.

그래서 같이 밥 먹었을 뿐 절대 사귀는 사이는 아닙니다."

"그럼, 그건 뭘로 해석해야 되죠. 신은서 씨가 촬영장에도 왔었다면서요?"

"마지막 촬영 때 놀러왔어요. 워낙 김동혁 감독님이 유명하니까 엔딩 장면을 보고 싶었다고 하던데요. 밥 먹은 게 그날이에요."

"에이… 그게 사실이라면 실망스러운데……."

"유 기자님은 뭘 바랐는데요. 내가 정말 신은서 씨와 사귀기를 바랐어요?"

"그래야 특종이 되잖아요."

"음… 미안해서 어쩌죠. 그런데 우리 이렇게 같이 있는 건 누가 사진 안 찍나? 찍어서 인터넷에 올리면 우리 둘이 사귄다고 소문날 텐데."

"벌써 찍었네요."

"누가요?"

강도영이 유정희의 대답에 급하게 좌우를 돌아보다가 피식 웃었다.

저번에도 왔었던 카메라 기자가 원거리에서 두 사람을 찍고 있는 게 보였기 때문이다.

"그럼 다음 질문."

유정희가 조잘거리며 자신이 적어온 질문들을 줄줄이 물어왔다.

그때마다 강도영은 그녀의 질문에 대답하며 웃음을 멈추지 않았다.

영화에 대한 질문을 하지 않겠다는 그녀의 말은 거짓이었다. 히어로의 개봉에 맞춰 인터뷰를 왔기 때문에 어쩔 수 없다며 미안하다는 말을 했지만 전혀 미안해하지 않는 얼굴로 그녀는 영화에 대한 질문을 계속했다.

이윽고 모든 질문이 끝나자 유정희가 수첩과 핸드폰을 챙기면서 고맙다는 인사를 해왔다.

예전처럼 그녀는 일어서는 것에 조금의 망설임도 보이지 않았다.

그런 그녀를 향해 강도영이 불쑥 입을 열었다.

"시간 언제 비어요?"

"무슨 시간요?"

"저번에 약속한 거 지켜야죠. 기사 예쁘게 잘 써주셨잖아요."

"아……."

"약속한 대로 밥 살게요. 언제가 좋아요?"

"괜찮아요. 농담으로 한 말이잖아요. 그냥 없었던 걸로 해요."

"난 농담 아니었는데."

"도영 씨, 이거 혹시 나한테 작업 거는 거예요? 만약 그런 거라면 하지 마요. 난 잘생긴 남자는 싫어요."

"왜요?"

"평생 마음 졸이면서 어떻게 살아요. 내 소원은 나만 사랑하는 남자와 단둘이서 알콩달콩 사는 거라고요."

＊　　　　＊　　　　＊

이승환에게서 전화가 온 것은 시사회를 보름 정도 남긴 월요일 아침이었다.

그는 전화를 해서 급하게 사무실로 들어오라는 말을 남겼는데 텔레비전 방송 출연 때문이라며 할 말이 있다는 것이었다.

부랴부랴 준비를 하고 서현탁과 함께 사무실로 나가자 이승환과 윤철욱이 그들을 기다리고 있었다.

"사장님, 안녕하세요."

"그래, 푹 좀 쉬었어?"

"잘 쉬고 있습니다. 인터뷰 때문에 조금 바쁘긴 했어도 오랜만에 푹 쉬었어요."

"잘했다. 영화 끝나고 나면 한동안 푹 쉬는 게 좋아. 기력을 충전해야 또 일을 할 수 있거든."

"그런데 갑자기 방송 출연은 뭐죠?"

"영화사 쪽에서 요청이 왔어. 영화 홍보를 위한 자리니까 참석해 달라고 하더라. 혹시 '선데이 나이트'란 프로그램 알아?"

"알죠, 그거 국민 MC 유영석 씨가 진행하는 거잖아요."

"거기서 '히어로' 팀을 초청했단다."

"예?"

당황스러웠다. 갑작스러운 텔레비전 출연이라니, 잠시 동안 멍해졌다.

그런 그에게 말을 붙인 건 윤철욱이었다.

"도영아, 방송은 영화와 달라. 더군다나 선데이 나이트는 꽤 인기가 있는 프로그램이라서 시청률이 장난 아냐."

"저는 방송이 처음이라 어떻게 해야 하는지 걱정되네요."

"그래서 오라고 한 거다. 방송국에서 대본을 보내줄 거야. 대답하는 건 회사에서 준비할 거니까 너무 걱정하지 마라. 문제는 거기 MC들이 가끔가다 엉뚱한 질문을 한다는 건데 그럴 때 대답을 잘해야 되니까 미리 상의할 필요성이 있어."

"그 사람들 어떤 걸 묻죠?"

"사생활에 관한 걸 물을 거다. 예를 들면 여자 친구 얘기를 하거나 촬영하면서의 에피소드 같은 걸 물을 수도 있어. 너도 알겠지만 너와 신은서에 관한 얘기가 떠돈다. 그걸 질문할 가능성이 커."

"그건 기자들하고 인터뷰 때 다 설명했습니다."

"알아, 그래도 질문할 거다. 그리고 개런티나 회사와의 계약 조건 그런 것도 물을지 모르니까 지금부터 천천히 예상 질문을 준비해 보자."

＊   ＊   ＊

영화를 찍을 때는 몰랐는데 텔레비전에 출연하자 괜히 심장이 두근거렸다.

녹화 방송이었지만 유명한 MC들과 함께 자리에 앉자 계속해서 입술이 말라왔다.

화려한 조명.

영화에서 겪었던 것보다 방송국의 조명이 훨씬 밝았다.

스튜디오에 들어서서 유영석을 비롯한 MC들과 고정 출연 중인 개그맨들에게 일일이 인사를 하고 자리에 앉았다.

히어로 팀에서 출연한 것은 유혁과 경찰청장 역을 맡은 중견 배우 오석환, 그의 애인 역을 맡았던 황민희까지 모두 네 사람이었다.

경험처럼 무서운 게 없다더니 강도영을 제외한 나머지 사람들의 표정은 태연하기 짝이 없었다.

드디어 녹화가 시작되자 유영석의 경쾌한 오프닝 멘트와 더

불어 프로그램이 시작되었다.

이번 '선데이 나이트'의 콘셉트는 영화사의 로비 때문인지 '히어로'의 홍보에 초점이 맞춰져 있었다.

유혁과 오석환, 황민희의 노련함은 프로그램에서도 빛이 났다.

그들은 영화에 대한 내용과 에피소드들을 말하면서 MC들과 농담을 주고받았는데 연신 얼굴에서 유쾌한 웃음이 떠나지 않았다.

물론 강도영에게도 예정된 질문이 쏟아졌지만 나머지 사람들처럼 농담을 섞어가며 대답하는 여유를 부리지 못했다.

오죽하면 유영석이 긴장하지 말라는 부탁까지 했을까.

문제는 녹화 말미에 집중적으로 강도영에게 예정되지 않은 질문들이 봇물처럼 터지기 시작했다는 것이었다.

먼저 포문을 연 것은 보조 MC를 맡고 있는 김구연이었다.

"강도영 씨는 원래 그렇게 잘생겼었나요?"

"예?"

"남자인 내가 봐도 반할 정도로 잘생겼어요. 어렸을 때부터 사람들의 시선을 받고 자랐을 것 같은데 힘들지 않았나요?"

그의 질문에 대답이 나오지 않았다.

이 질문은 정말 예상하지 못했던 것이었기 때문에 강도영은 그를 바라보며 한동안 꼼짝하지 못했다.

시선을 받고 자란 것은 사실이었다.

그러나 그 시선은 부러움과 사랑이 아니라 경멸과 조소로 가득 찬 것들이었다.

태연하게 거짓말을 할 수 없었다.

갑작스럽게 던져 온 그의 질문이 비수가 되어 심장을 찔러 왔기 때문이다.

대답을 하지 않고 망설이던 강도영이 입을 연 것은 그의 대답이 지체되면서 스튜디오의 분위기가 이상하게 변할 때였다.

"저는 어렸을 때 사람들의 이목을 받지 못했습니다. 아주 못생겼고 몸도 뚱뚱해서 오히려 사람들이 피했을 정도예요."

"하하하… 거짓말도 잘하시네요."

"믿지 못하시겠지만 정말입니다."

강도영이 굳어졌던 얼굴을 풀고 부드러운 목소리로 대답하자 질문을 했던 김구연의 표정이 오묘하게 변했다.

얼굴에는 여전히 웃음이 담겨 있었지만 강도영의 답변을 믿지 못하겠다는 표정이었다.

"에이, 겸손인가요?"

"저는 원래 가수가 꿈이었는데 목을 다쳐서 가수가 되려는 꿈을 포기했어요. 그래서 연극을 하게 되었는데 그때부터 열심히 운동해서 다이어트를 했습니다. 그게 8년 전이었어요.

몸에 살이 빠지면서 얼굴도 변하더군요. 사람 얼굴은 살이 빠지면서 많이 바뀌는 것 같아요."

"그래서 이런 얼굴로 변했다고요?"

"예, 그렇습니다."

"아이고, 그럼 나도 다이어트하면 그렇게 변한단 말이죠. 가르쳐 줘요. 운동 어디서 했어요?"

김구연이 다시 한 번 치고 들어왔다.

그는 아무래도 강도영의 대답이 마음에 들지 않은 모양이었다.

반은 거짓말이고 반은 진짜다.

그럼에도 마음이 편해졌다. 김구연은 믿지 않았던 것 같았지만 자신의 어렸을 적 모습에 대해서 고백을 하고 나자 가슴속에 박혀 있던 가시가 빠져나가는 기분이 들었다.

거창하게 대국민 담화문을 발표한 것은 아니었지만 이번 기회에 자신의 비밀을 어느 정도 털어놓았다고 생각하자 마음이 홀가분해졌다.

화제를 바꾼 것은 메인 MC 유영석이었다.

"아무나 그렇게 변한답니까. 기본이 있어야죠. 내가 봤을 때 김구연 씨는 죽었다 깨어나도 안 돼요. 그 뱃살 벌써 20년 가까이 애지중지 키워놓은 거잖아요."

"어허, 20년이라뇨. 18년!"

"하하하… 좋으시겠어요, 18년이라서. 이거 말해놓고 나니까 이상하네."

유영석이 키득거리며 웃자 스튜디오가 한바탕 웃음바다로 변했다.

방송에서는 조금만 야한 농담을 해도 이렇게 반응이 금방 온다.

화제가 되었던 강도영의 외모가 다행스럽게도 그 웃음 속에 금방 파묻혀 버렸다.

메인 MC답게 분위기를 전환시키며 유영석이 강도영을 바라본 것은 패널들의 웃음소리가 잦아질 때였다.

"그건 그렇고 강도영 씨의 액션 신에 대해서 칭찬하는 목소리가 많이 나오고 있어요. 평소에 운동을 한 게 있나요?"

"용의 칼을 찍을 때 검술 훈련을 6개월 동안 했어요. 매일 8시간씩 코리아 액션 스쿨의 조철상 감독님에게 배웠습니다. 이번 히어로를 찍기 위해서는 7개월 동안 복싱과 유술, 태권도를 집중적으로 훈련했어요."

"우와, 8시간씩이나 했단 말입니까. 이번 히어로 때도 그랬나요?"

"히어로 때는 10시간씩 훈련했습니다. 워낙 액션 신이 많아서 철저히 준비하라는 감독님의 지시을 받았거든요."

"아니, 그래도 그렇지, 어떻게 10시간씩 훈련을 해요. 그건 하루 종일 아무것도 안 하고 죽어라 훈련만 했다는 거잖아요?"

"저는 신인이라 스케줄이 거의 없어서 가능했습니다."

계약 내용에 광고를 비롯해서 어떤 스케줄도 소화하면 안 된다는 조건이 있다는 건 말하지 않았다.

그것은 비밀이니까.

쑥쓰럽게 웃으며 말하는 강도영을 향해 MC들과 배우들마 저 감탄을 터뜨렸다.

아무리 신인이라도 영화를 위해 무려 7개월 동안 미친놈이 된다는 건 절대 쉬운 일이 아니었다.

그랬기에 유영석은 감탄 속에서 불쑥 상상하지 못했던 멘 트를 날렸다.

"강도영 씨, 7개월 동안 10시간씩 운동하면 몸매가 완벽하 게 변했겠어요. 그렇죠?"

"그건……."

"우리 시청자분들을 위해 도영 씨의 몸매를 잠깐 보여주는 게 어떻겠습니까?"

"예?"

"여러분 어떠세요. 우리 강도영 씨의 완벽한 몸매를 구경하 고 싶지 않으세요?"

이것도 정해진 스토리에는 전혀 없는 것이었다.

유영석이 MC와 패널들을 바라보며 묻자 여자들의 입에서 동조하는 목소리가 비명처럼 새어 나왔다.

스튜디오에는 4명의 여자들이 있었는데 개그맨이 두 명에 가수와 배우가 각각 한 명씩이었다.

하지만 소란스러움이 새어 나온 건 스튜디오쪽만 그런 게 아니었다.

카메라 뒤쪽에 대기하고 있던 작가들 쪽에서도 환호성이 터졌는데 작가들이 대부분 여자였기 때문이다.

그녀들은 요즘 한참 핫 이슈로 떠오르는 강도영의 몸매를 확인하게 되었다는 것만으로도 가슴이 설레었던 모양이었다.

기가 막혀 말이 나오지 않는다.

전 국민이 보는 프로그램에서 옷을 벗으라는 말인데 너무 당황스러워 잠시 동안 아무 말도 할 수 없었다.

강도영은 안 된다며 손을 흔들다가 유영석을 비롯한 MC들의 성화에 어쩔 수 없다는 표정으로 천천히 자리에서 일어났다.

그러고는 자신이 입고 있던 셔츠를 빼내어 카메라 쪽으로 가슴을 드러냈다.

천천히 드러나는 초콜릿 복근.

"어머머… 어머!"

알알이 새겨져 배를 가로질러 지나간 선들이 카메라를 정조준하며 나타나자 앞쪽에서 기다리고 있던 작가들의 입에서 탄성 소리가 비명처럼 흘렀다.

영화배우들이 몸매를 유지하기 위해 미친 듯이 운동을 하면서 복근을 단련한다고 들었지만 강도영의 복근은 그런 차원을 넘어 완벽 그 자체였기 때문이다.

*   *   *

"봤어?"

"응."

"내가 뭘 물었는데 그렇게 금방 대답해, 이것아!"

"니 속에 나 있다. 이년아, 뻔한 걸 물어놓고 웬 오리발이야?"

유화란의 질문에 신지연이 웃음을 머금고 노려봤다.

둘은 문화대학교 간호학과 4학년인 여대생들이었는데 4년 내내 붙어다녔기 때문에 눈만 봐도 무슨 생각을 하고 있는지 알 정도였다.

그랬기에 유화란은 금방 비실비실 웃으며 노려보는 신지연을 향해 킥킥댔다.

"죽여주지?"

"쩝, 그림의 떡이다. 그런데 떡이 너무 맛있어 보여서 환장하겠어."

"몸매 환상이더라."

"선탠한 건 아니야. 내가 옛날에 선탠해 봐서 아는데 피부가 선탠한 것과는 달라."

"피부 색깔이 문제가 아니잖아. 근육을 봐야지, 근육!"

"너 왜 여자들이 복근에서 왕(王) 자가 새겨지면 혹하는지 알아?"

"왜 그런데?"

"빨래할 수 있어서."

"이게 죽을라고. 호호호… 난 또 뭔가 큰 비밀이 있는 줄 알았잖아."

"아쉽더라. 홀딱 벗은 모습을 봤으면 좋았을 텐데……."

"왜, 사진 찍어서 걸어놓으려고?"

"그러면 좋지 않을까?"

신지연이 야한 표정을 지었다.

하지만 유화란이 볼 수 있을 정도로 눈꼬리만 살짝 올렸기 때문에 호들갑을 떠는 것보다 훨씬 더 리얼했다.

유화란이 고개를 끄덕인 건 친구의 마음이 충분히 이해되었기 때문이다.

"도대체 갠 어디서 나타난 걸까? 갑자기 하늘에서 툭 하고 떨어진 백마 탄 왕자같지 않니?"

"난, 걔 커피 광고 나올때 이미 알아봤어. 페이스가 환상이잖아."

"페이스보다 눈빛이 죽여주지. 그냥 그 남자가 지그시 보는 것만으로도 온몸이 근질거려."

"어이구, 이것아. 잘하면 오줌 지리겠다."

"오줌이 아니라 오르가즘이겠지."

유화란이 온몸을 비틀며 배배 꼬자 신지연이 급하게 뒤를 돌아봤다.

누군가 그녀의 모습을 봤다면 분명 미친년 취급을 할 게 분명했다.

"야, 정석 씨 들으면 뒤로 넘어가겠다. 요샌 애인 있는 년들이 더해. 아휴, 요물단지가 따로 없어."

"애, 고기도 먹어본 년이 잘 먹는 거야. 너 그러다 곰팡이 생겨. 그러니까 그만 재고 대충 하나 꿰차. 언제까지 독수공방할래?"

"너나 고기 실컷 먹어. 난 강도영이랑 꿈에서 만날 테니까."

"그림의 떡이잖아!"

"그림이면 어때, 그 그림이 꿈에서 생생하게 살아 나온다면 죽여주지 않겠어?"

"어라, 듣고 보니 그거 괜찮네."

"넌 안 되니까 까불지 마."

"왜 난 안 되는데?"

"넌 그 그림이 정석 씨로 나올 거야."

"키킥… 하긴, 꿈에서라도 배신하면 안 되겠지."

"그나저나 언제 개봉한대?"

"시사회가 3일 후라네. 개봉일은 한 달 뒤고."

"도대체 뭐 하길래 그렇게 개봉이 늦는 거야. 아휴, 기다리기 힘들어 미치겠네."

"누구랑 갈 건데?"

"왜, 같이 갈려고?"

"에이, 난 정석 씨랑 가야되잖아."

"그런데 왜 물어, 이년아. 애인 없는 년 서럽게!"

*   *   *

영화 평론가 김필영은 아침을 먹고 커피까지 타 마신 후 천천히 소파에서 일어났다.

마누라인 이명희가 기다렸다는 듯 와이셔츠와 바지를 가지고 나온 것은 그가 커피 잔을 식탁 쪽에 가져다 놓았을 때였다.

"몇 시에 한대?"

"11시."

"내 거도 한 장 가져오라니까 그걸 못 구해 오냐. 영화 평론가 빽이 그것밖에 안 돼?"

이명희가 입을 삐죽거리며 와이셔츠를 내밀었다.

마누라는 며칠 전부터 '히어로' 시사회에 가고 싶다며 징징거렸지만 김필영은 그녀의 표를 구하지 않았다.

표를 구하려면 구할 수 있었지만 그러지 않은 것은 그녀로 인해 영화 감상을 방해받고 싶지 않았기 때문이다.

김필영은 영화계에서 독사란 별명이 붙어 있는 사람이었다.

영화 평론가들은 일반인들과 다르게 영화 전반에 관한 것들을 꼼꼼히 체크하며 장단점을 분석하고 그것을 글로 옮겨 놓는 직업을 가진 사람들이다.

관객들의 평점과 영화 평론가들의 평점이 확연하게 다른 이유는 흥미 위주로 보는 관객들과 달리 평론가들은 시나리오부터 영상미, 음향 효과, 배우들의 연기력까지 꼼꼼히 살피고 하나씩 파헤쳐 비교 평가 하기 때문이다.

그중에서도 김필영의 분석력은 평론가 중에서도 최고를 자랑했다.

마누라가 강도영의 팬이 된 것은 용의 칼을 보고 난 후부터였다.

물론 그 전에도 커피 광고를 보면서 잘생겼다는 말을 여러 번 했지만 용의 칼에서 보여준 강도영의 눈빛 연기를 본 이후부터는 완전 광팬이 되고 말았다.

마누라의 냉대를 받으며 집을 나선 김필영은 곧장 시사회가 벌어지는 압구정 DRV로 향했다.

도착해서 5층으로 올라가자 수많은 배우와 가수들, 심지어 스타급 운동선수들까지 북적였다.

조용히 눈을 돌려 입구를 바라보자 김동혁을 비롯한 출연 배우들이 유명 인사들을 향해 연신 인사하는 것이 보였다.

시사회에 참석한 연예인들은 마치 무슨 시상식에 온 것처럼 화려한 옷들을 입고 나타났는데 기자들은 그런 연예인들을 향해 무차별적으로 카메라 플래시를 터뜨리고 있었다.

"지랄들을 한다."

김필영이 중얼거리며 뒷문을 통해 상영관 안으로 들어가 자기 자리를 찾아 앉았다.

중간에서 조금 뒤쪽의 로얄석.

영화사 쪽에서는 평론가들에게 최고의 VIP석을 배정했기 때문에 주변에는 아는 평론가들이 여럿 보였다.

그들에게 가만히 고개만 까닥해서 인사를 한 후 자리에 앉아 영화가 시작되기를 기다렸다.

지루하다.

언제나 그렇듯 시사회장은 한바탕 북새통을 이루고 나서야 상영이 시작된다.

시사회장을 찾은 일반인들은 연예인들이 들어올 때마다 연신 환호성을 질렀기 때문에 귀청이 떨어질 것처럼 아파왔다.

얼마의 시간이 지났을까.

식전 행사가 진행되면서 감독과 배우들의 인사가 끝난 후에야 서서히 조명이 꺼졌다.

꿀꺽.

자신도 모르게 입가에 침이 고였다.

영화감독들에게 그는 저승사자처럼 냉철한 인간이었다.

워낙 독사같이 날카로운 눈으로 단점을 찾아내어 갈갈이 찢어발겼기 때문에 그의 평론에 따라 영화의 평가가 좌우되곤 했다.

하지만 독사 같은 그도 김동혁만큼은 인정했다.

철저한 완벽주의자.

시나리오의 처음부터 끝까지 그의 손이 안 간 곳 없을 정도로 철두철미하게 수정하는 것으로 유명했고 영상에 관한 것도 완벽을 추구해서 촬영 기간도 다른 영화보다 훨씬 더 길다.

그가 김동혁을 인정하는 건 노력이 아니라 천재성 때문이었다.

관객을 감동시키는 시나리오의 창조성과 세계관이 남달랐고 영상 전반에 펼쳐지는 촬영 기법과 음악은 언제나 그의 기대감을 충족시켰다.

더군다나 그에게는 유혁이 있었다.

사람들의 오감을 자극시킬 정도로 모든 배역을 소화하는

유혁은 점점 시간이 지날수록 완벽체로 진화하는 괴물이었다.

그럼에도 이번 영화만큼은 그의 칼날을 피하지 못할 것이라 자신했다.

먼저, 영화 전반에 흐르는 정치 색깔과 액션은 평론가들에게는 가장 씹기 좋은 요소들이었고 더불어 여주인공이 없다는 건 관객의 흥미를 반감시키는 커다란 단점이었다.

더불어 히어로는 신인에 불과한 강도영을 주인공으로 캐스팅했다.

그가 용의 칼에서 꽤나 인상적인 표정 연기를 했지만 신인을 주인공으로 출연시켰다는 건 패착 중의 패착으로 작용할 것이 틀림없었다.

신인의 한계라는 것은 영화 전반에 걸쳐 수없이 나타날 것이기 때문이었다.

드디어 영화사의 로고가 흐르고 난 후 영화가 시작되었다.

"거기 서라. 한 발자국만 더 움직이면 죽는다."

"이 씨발 놈이 어디서 목소리를 깔고 있어. 네가 홍콩의 쌍권총이냐?"

"잘못 들어온거라면 돌아가라. 개기면 팔다리를 부러뜨리겠다."

"좆 까!"

야수의 목소리.

사내들을 향해 던지는 시선과 목소리가 귀를 울리며 순식간에 가슴을 진탕시켰다.

영화의 오프닝에 지나지 않았음에도 화면을 가득 채우는 강도영의 카리스마는 단숨에 관객의 시선을 잡아끌 정도로 대단했다.

말을 끝낸 강도영이 사내들을 향해 뛰어드는 것이 보였다.

"헉!"

자신도 모르게 헛바람이 새어 나왔다.

사내의 다리를 꺾어버린 강도영의 왼발이 벽을 타고 올라 뛰어오르며 급하게 다가온 사내의 얼굴을 그대로 직격하면서 회전했는데 그 모습이 마치 전설의 시라소니를 보는 것 같았다.

*　　　　　　*　　　　　　*

톱스타 정진화는 사대천왕에는 끼지 못했지만 팬들에게 많은 사랑을 받으며 영화와 드라마를 가리지 않고 주연으로 단골 출연하는 매력적인 남자였다.

그가 지닌 목소리는 솜사탕처럼 부드러워 여자들이 뽑은 목소리 이상형 1위에 오르기도 했다.

'히어로'의 시사회장에 그가 유소현과 같이 나타난 것은 행사가 시작하기 30분 전이었다.

공개 연애.

그 둘은 3달 전 숱한 화제를 뿌리며 공개 연애를 시작했는데 이런 행사가 열릴 때마다 여지없이 팔짱을 끼고 같이 나타났다.

그들이 나타나자 기자들이 벌 떼처럼 달려들어 플래시를 터뜨려 댔다.

수많은 스타가 이곳 시사회장에 나왔지만 그들의 다정한 모습은 대중들의 관심을 끌어모으기에 충분한 화제가 된다.

많은 스타 커플이 그렇듯 두 사람은 지금 한참 불화설에 시달리고 있었기에 기자들은 그들을 그냥두지 않았다.

정진화는 기자들의 질문에 단호하게 대답했다.

"누가 그런 헛소문을 뿌렸는지 모르겠지만 우리는 아직 예쁘게 사귀고 있는 중입니다."

그는 대답을 마치고 더 이상 기자들의 질문에 답하지 않았다.

말이 많아질수록 꼬리가 길어지고 억측을 계속해서 증폭시킨다는 것을 너무나 잘 알고 있었기 때문이다.

포토 존에 올랐다가 내려온 그들 커플이 움직인 곳은 사람들에게 축하 인사를 받고 있는 김동혁을 향해서였다.

당연한 순서다.

정진화처럼 인지도가 있는 배우는 김동혁에게 무조건 눈도
장을 찍어야 나중에 다가올 수 있는 기회에서 순위를 높일 수
있었다.

"감독님, 수고하셨습니다. 진즉에 찾아뵙고 인사드렸어야
했는데 드라마 촬영 때문에 그러지 못했습니다. 죄송합니다."

"하하하… 아니야. 사람이 바쁘면 그렇게 살게 되는 거지.
나도 자네한테 전화 한 통 못 했는데 뭘 그러나. 영화 재밌게
봐."

웃고 있지만 일종의 축출령이다.

김동혁은 그들 커플에게 잠깐 웃어주고 다음 손님을 맞이
하기 위해 몸을 돌렸기 때문에 정진화는 어색한 웃음을 지은
후 상영관으로 들어갔다.

자리에 앉은 그의 얼굴이 굳어졌다.

히어로의 조감독을 맡은 유병철과는 돈독한 관계를 유지하
고 있었는데 히어로에 유혁의 파트너로 출연할 수 있냐는 문
의 전화가 온 것은 벌써 일 년 전의 일이었다.

무조건 출연하겠다며 콜 사인을 냈다.

계약 조건은 아예 묻지도 않았고 필요하다면 모든 스케줄
을 취소하겠다는 말까지 했었다.

그러나 그 이후로 전화가 오지 않았다.

대신 날아온 소식은 신인 배우인 강도영이 자신의 배역을 차지했다는 것이었다.

너무 억울하고 분해서 며칠간 제대로 잠조차 이루지 못했다.

반드시 출연하고 싶었던 영화의 주연을 신인 배우에게 뺏기다니… 너무나 어이없고 화가 나서 미칠 것만 같았다.

그럼에도 내색하지 않았다.

김동혁 사단에 소속되고 싶다는 욕심으로 인해 마음의 평정을 잠시 잃었지만 그는 스타였고 그를 필요로 하는 곳은 많았다.

그가 자진해서 시사회장에 오겠다고 먼저 요청한 것은 영화에 대한 궁금증보다 자신을 제치고 주연을 꿰찬 강도영이란 놈의 능력을 보고 싶었기 때문이다.

똑똑히 볼 것이다.

아무리 김동혁이 뛰어난 능력을 가졌다 해도 신인의 한계가 빚어낸 무리수의 향연이 얼마나 지독한지 영화를 보면서 마음껏 만끽할 생각이었다.

"많이 왔네요. 역시 김동혁 감독이에요."

"전부 불나방 같은 것들이야. 기자들한테 얼굴 한번 내밀고 싶어서 온 놈이 반이고 김 감독한테 눈도장 찍으려고 온 놈들뿐이야."

"그렇죠……."

유소현이 날카로워진 정진화의 음성을 들으며 말끝을 흐렸다.

그녀 역시 정진화가 겪은 감정의 골을 공유하고 있었기 때문이다.

정진화도 배우였지만 그녀 역시 배우였기에 사랑하는 사람의 마음이 지금 얼마나 답답한지 잘 알고 있었다.

배우에게 있어서 하고 싶었던 배역을 뺏긴다는 건 사랑하는 여자를 뺏기는 것 이상으로 아픈 것이었다.

그들이 앉아 있는 동안 많은 연예인이 인사를 하며 지나갔다.

텔레비전과 스크린에서 자주 보던 얼굴이었기에 그들은 금방 얼굴을 풀고 밝은 얼굴로 손을 흔들며 알은척을 했다.

스타란 자신의 감정을 조절하지 못하면 금방 나락으로 떨어지는 법이다.

불이 모두 꺼지고 영화가 시작되자 그들은 어둠 속에서 서로의 손을 잡았다.

언제 잡아도 따뜻한 손.

사람들 앞에서 함부로 잡지 못했던 손이었으나 이렇게 어둠이 찾아들면 본능처럼 상대의 손을 잡는 게 버릇이 되었다.

드디어 영화가 시작되었다.

그리고 그들은 시간이 지날수록 상대를 잡은 손에 힘을 주었다.

유소현의 입에서는 연신 비명 같은 신음 소리가 흘러나왔고 정진화는 영화의 스토리가 진행될 때마다 자신도 모르게 주먹을 불끈 쥐었다.

무섭다.

이런 영화를 만든 김동혁이란 존재가…….

거기에 더불어 유혁과 강도영의 완벽한 호흡이 그를 숨조차 쉬지 못하게 만들었다.

스토리 라인은 흠잡을 데 없이 정교했고 관객들의 숨통을 쥐어버리는 액션 신은 눈을 떼지 못할 만큼 화려했으며 지독하리만치 사실적이었다.

그러나 무엇보다 그를 괴롭힌 것은 강도영의 존재였다.

그가 절대 따라 할 수 없을 것 같은 정교하고도 폭발적인 액션 신을 봤기 때문에 그런 감정을 느낀 것이 아니었다.

강태산 역을 하면서 강도영이 뿜어낸 카리스마는 남자의 심장을 울렁거리게 만들 정도로 야성적이었고 담대했으며 냉정했다.

손에서 땀이 쉴 새 없이 흐를 정도로.

타앙… 탕… 탕!

수많은 경호를 뚫고 암흑 속에 존재하고 있던 절대적인 힘의 존재들을 처단하는 강도영의 표정 연기는 단연 압권이었다.

도대체 어떻게 저런 연기를 할 수 있을까.

신인이라면서.

총이란 단순한 물건 하나로 만들어낸 시리도록 차가운 비장미의 절정은 수많은 연기 속에서 자란 자신마저 감탄하게 만들 정도로 무시무시한 것이었다.

＊　　　　＊　　　　＊

신은서는 두리번거리며 계속해서 강도영을 찾았다.

시사회장에 들어와 오래도록 복도에 머물면서 그를 찾았지만 강도영은 어디에도 모습을 보이지 않았다.

김동혁과 유혁을 비롯해서 주연급 연기자들이 모두 모습을 드러내고 있었으나 오로지 강도영의 모습만은 찾을 수가 없었다.

서운했다.

촬영이 끝나고 같이 밥을 먹은 후 그를 보지 못했다.

그녀 역시 바쁜 일정을 보냈지만 강도영은 그 후로 한 번도 연락을 해오지 않았다.

인터넷을 뜨겁게 달군 연애설에 대해 기자들이 물었을 때 그녀는 그저 웃음 지으며 아니라고 미지근하게 말해서 많은 의심을 들게 만들었으나 강도영이 증거 사진까지 내밀며 강하게 부인했기 때문에 열애설은 차츰 가라앉는 중이었다.

그는 정말 자신의 마음을 모르는 것일까?

열애설을 부인한 것은 그로서 당연한 것이겠지만 막상 그 사실을 알았을 때 가슴이 뻥 뚫려 버린 것 같은 아픔과 서러움이 동시에 몰려왔다.

이렇게… 엇갈린 인연으로 끝나 버리기에는 그동안 마음속에서 곱게 키워온 그녀의 사랑이 너무 불쌍해서 자신도 모르게 눈물이 흘러나왔다.

한동안 멍하니 서서 움직이지 않았다.

이렇게 서 있으면 언젠가 그가 나타날지도 모른다는 생각을 한 채.

하지만 그는 배우들의 무대 인사가 시작될 때까지 모습을 드러내지 않았다.

서은경이 급하게 엘리베이터에서 내리는 걸 본 것은 영화가 시작된다는 매니저의 말을 듣고 상영관으로 들어가려 할 때였다.

"언니!"

"은서 씨, 여기서 뭐 해요. 안 들어가요?"

"도영 씨가 안 왔어요. 그래서… 혹시 무슨 일 있나요?"

"아… 도영이 오늘 못 와요. 아파서 병원 갔거든요."

"병원이요? 어디가… 어디가 아픈데요?"

"아침에 현탁이한테 전화가 왔는데 목이 심하게 아프다네요. 며칠 전부터 열이 올랐는데 어제부터 심해진 모양이에요."

"…그렇군요."

신은서가 실망한 표정을 숨기지 못하자 서은경이 측은한 눈으로 바라봤다.

남자를 사랑하는 여자.

그것도 사람들에게 사랑받는 스타였기 때문에 마음껏 자신의 사랑을 표현하지 못하는 신은서를 보게 되자 불쌍하다는 생각이 들었다.

그랬기에 서은경은 망부석처럼 움직이지 못하는 신은서를 향해 조용하게 입을 열었다.

"보고 싶었군요?"

"예."

"전화라도 해보지 그랬어요?"

"싫어할까 봐. 남자들은 여자들이 좋아한다고 먼저 덤벼들면 싫어한대요."

"호호… 그건 그렇죠. 그럼 영화 보고 나랑 같이 병원 가볼래요? 나도 도영이 상태가 걱정돼서 이따 가보려고 했거든요."

"정말요?"

"그럼요. 영화 시작하나 봐요. 일단 우리 영화부터 봐요."

서은경의 손에 이끌려 영화관으로 들어왔지만 좌석 번호가 달랐기 때문에 신은서는 혼자 영화를 봤다.

그녀가 보고 싶었던 그의 모습.

영화에는 그녀가 보고 싶었던 강도영의 모습이 셀 수 없이 나왔으나 거기에는 그녀가 알고 있는 강도영의 모습이 단 한 번도 나오지 않았다.

질리도록 변해 버린 그의 모습.

평상시의 부드러운 표정과 말투는 사라졌고 오직 그의 전신에 흐르는 것은 차가운 이성과 분노, 그리고 폭발적인 야성미 뿐이었다.

그럼에도 정신을 잃어버릴 정도로 영화에 빠져들고 말았다.

알고 있던 모습에서 완벽하게 변해 버린 강도영의 모습은 여자의 마음을 달나라로 데려갈 만큼 매력적이었기 때문에 옆에 앉아 있던 댄스 가수 민정희는 수시로 탄성을 자아내며 호들갑을 떨어댔다.

한숨이 저절로 흘러나왔다.

마지막 촬영 장면의 액션 신을 찍는 걸 보면서 놀랐던 건 아무것도 아니었다.

영화는 관객들을 질식시킬 정도의 비장미를 뿜어내며 끝까지 관객들을 옴짝달싹못하게 만들어 버리고 있었다.

피의 향연, 죽음, 음모, 정치의 더러움과 반전.

이 모든 것의 중심에는 영화 전반에서 무차별적으로 카리스마를 뿜어낸 강도영이 있었다.

영화가 끝나자 마음이 급해지기 시작했다.

도대체 왜 갑자기 목이 아파진 걸까. 얼마나 아프기에 병원에 입원까지 했단 말이야!

*　　　　　*　　　　　*

"아우, 씨발. 소름 끼치네."

영화가 끝나자마자 취재를 왔던 주간문화의 기자 손석환이 자신의 양어깨를 문지르며 중얼거렸다.

그러자 옆에 있던 경한일보의 김대진이 곧바로 반응을 보였다.

둘은 호영대 신방과 동기 동창으로 대학 다닐 때부터 친한 사이였기 때문에 기사거리가 있으면 언제나 붙어 다니는 사이였다.

"대박이다. 이거 난리 나겠는데."

"역시 김동혁이야. 관객들이 꼼짝도 못 하잖아."

그가 주변을 돌아본 후 김대진을 향해 시선을 던졌다.

관객들은 영화가 끝났음에도 영화관이 떠나갈 정도로 박수만 치면서 자리에서 일어날 줄 모르고 있었다.

"김동혁도 김동혁이지만 강도영이 괴물이다. 주인공이 유혁인데도 오히려 강도영이 더 빛나잖아."

"그렇지?"

"그 새끼 눈빛 연기 봐라. 꼭 야수를 보는 것 같았어."

"대사발은 어떻고. 사람 심장을 탕탕 두드리는 게 비수로 찌르는 것 같더라."

"씨발, 아까 강도영이를 인터뷰했어야 했는데… 그나저나 도대체 이놈 어디 간 거야?"

"내가 아까 물어봤는데 몸이 아파서 나오지 못했단다."

"몸이 아파서 안 나와? 이렇게 중요한 자리에?"

"정확한 건 페이스 쪽에서도 말하지 않더구만. 뭔가 있는 것 같아."

"정말 몸 아픈 건 맞아?"

"이놈아, 그걸 왜 나한테 물어. 너는 꼭 날로 먹으려고 하더라. 내가 아픈 것까지 알아왔으니까 자식아, 남은 건 네가 알아서 나 좀 가르쳐 줘."

"허이구… 지랄, 안 되겠다. 일단 당장 저녁에 기사 내보내야 하니까 김필영부터 취재하자. 시간 지나면 쟤도 만나기 어려워."

"오케이."

둘이 부랴부랴 자리에서 일어나 막 좌석에서 빠져나오는

김필영 쪽으로 향했다.

기사를 쓰기 위해서는 기자의 감도 중요했지만 무엇보다 평론계 쪽의 의견을 들어보는 게 중요했다.

김필영의 앞을 가로막고 먼저 입을 연 것은 김대진이었다.

소개는 필요 없다. 항상 만나는 사이였으니까.

"김 위원님, 한 말씀 해주시죠. 영화 본 소감이 어떠셨습니까?"

"오랜만에 가슴 뛰는 영화를 봤습니다. 아주 훌륭한 작품이었습니다."

망설임도 없는 대답이 튀어나왔다.

정말?

두 사람의 얼굴에서 동시에 같은 표정이 떠올랐다.

지금까지 김필영을 수없이 인터뷰했지만 영화를 본 후 이런 반응은 처음이었다.

그랬기에 같이 있던 손석환이 중간에서 끼어들었다.

"어떤 면에서 그렇죠?"

"나중에 얘기합시다. 오늘은 약속 때문에 일찍 가야되니까 나중에 천천히 하죠."

약속이 있다는 건 거짓말이다.

그의 시선이 자신을 향해 몰려드는 기자들을 확인하고 급격히 바빠지는 게 확연히 보였다. 여기서 그들 때문에 발목을 잡힌다면 김필영은 한동안 기자들의 등쌀에 움직이지 못할 게 뻔했다.

영화판에서 펜으로 밥을 먹고사는 이상 김필영에게 나쁜 감정을 갖게 만드는 것은 바보 같은 짓이다.

기사가 중요했지만 다른 기자들을 위해 총대 맬 생각은 추호도 없었기에 그들은 바쁘게 걸어 나가는 김필영을 붙잡지 않았다.

대신 그의 등에 대고 손석환이 마지막 질문을 던졌다.

"그럼 김 위원님 마지막으로 한 말씀만 해주시죠. 이 영화 관객 수가 얼마나 될 것 같습니까?"

"내가 봤을 때… 천만은 무난할 것 같군요."

*　　　　*　　　　*

며칠 전부터 몸이 떨리며 열이 오르기 시작했다.

몸살기가 있는 게 감기에 걸린 것이라 생각할 수밖에 없었다.

그래서 병원에 들러 주사를 맞고 약을 타 와 복용하면서 휴식을 취했다.

하지만 몸에서 시작된 열은 점점 한 곳으로 집중되더니 어제부터 목을 쓸 수 없을 정도로 아파왔다.

하루만 지나면 꿈에 그리던 시사회장 무대에 올라갈 수 있었다.

연기를 시작하면서 얼마나 기대하던 순간인지 모른다.

말을 하지는 않았지만 용의 칼이 끝난 후 관객들에게 인사를 하던 주연배우들을 바라보며 끝없는 부러움을 느꼈고 자신도 언젠가는 저 자리에 서게 되기를 간절히 기원했다.

그랬기에 무슨 일이 있어도 시사회장에 참석하고 싶었다.

더불어, 자신이 찍은 영화가 얼마나 잘 만들어졌는지 두 눈으로 직접 확인하면서 관객들의 반응도 보고 싶었다.

그러나 그럴 수가 없었다.

시사회 당일, 아침이 되자 목에서부터 시작된 고열은 그를 자리에서 일어나지 못하도록 만들 정도로 심해졌다.

정영숙이 늦게 일어나는 아들이 이상해서 방으로 들어와 확인할 때까지 강도영은 가느다란 신음을 흘리며 침대에서 꼼짝도 하지 못했다.

엄마의 비명을 들은 강우성이 뛰어 들어와 강도영을 들쳐업어 가까운 병원으로 달려갔다.

서현탁이 미친놈처럼 뛰어든 건 의사가 강도영의 상태를 진찰한 후였다.

"어떻습니까?"

"그게… 이상하네요. 이건 감기 몸살이 아닌데요."

"그럼 뭐죠?"

"목이 퉁퉁 부었어요. 여기서는 힘드니까 종합병원으로 가시는 게 좋을 것 같습니다. 소견서 써드릴 테니 이걸 가지고 가세요."

의사의 말을 들은 서현탁이 그가 내민 종이를 받으며 눈을 부릅떴다.

감기가 아니라 목이라면 종합병원으로 갈 일이 아니었다.

영화를 찍느라 바쁘다는 핑계로 '나인 이비인후과'의 이병웅 박사를 찾은 게 벌써 6개월 전이었다.

사실 바쁜 것보다 병원에 가봤자 똑같은 이야기의 반복이었기에 게으름을 피웠다는 게 맞는 표현이다.

강도영의 목 상태는 일 년이 넘도록 아무런 변화가 없었고 목에 관해서는 대한민국 최고의 실력을 가졌다는 이병웅마저 아무런 치료조차 하지 못하며 그저 지켜보기만 할 뿐이었으니 사실 병원에 가는 것 자체가 무의미한 일이었다.

서현탁은 쓰러져 있는 강도영을 들쳐 업은 채 밴에 태워 무작정 '나인 이비인후과'로 달려갔다.

씨발, 이제야 조금 빛을 보게 됐는데 이게 무슨 일이란 말이냐.

서현탁은 잠시도 쉬지 않고 강도영의 이름을 부르며 그가 의식을 잃지 않도록 소리쳤다.

밴의 뒷좌석에 앉은 강우성은 어쩔 줄 모르고 지켜봤는데 정영숙은 연신 아들이 잘못될까 봐 눈물을 훔치고 있었다.

병원에 들어선 서현탁은 접수도 하지 않고 무작정 강도영을 업은 채 이병웅의 진료실로 향했다.

콰앙!

문을 박차고 들어서자 이병웅이 환자를 진료하다 놀란 눈으로 자리에서 벌떡 일어서는 게 보였다.

"박사님, 도영이가 이상해요."

"무슨 일입니까?"

"며칠 전부터 열이 오르더니 오늘은 아예 일어나지 못하고 있어요."

서현탁이 두서없이 떠들자 이병웅이 진료하던 환자에 대해서 급히 처방을 내리더니 간호사에게 더 이상 환자를 받지 말라는 지시를 내렸다.

그런 후 곧바로 강도영을 진찰용 의자에 눕히고 내시경으로 목의 상태를 확인했다.

병원에 올 때마다 늘 하던 것이었지만 이번만큼은 긴장으로 인해 서현탁의 주먹에서 땀이 흘렀다.

뒤쪽에서는 강우성이 잔뜩 겁먹은 표정으로 있는 정영숙을 끌어안은 채 의사의 진찰을 지켜보는 중이었다.

얼마나 시간이 지났을까.

이병웅이 직접 두 번의 주사를 놓은 후 얼음주머니를 가져와 강도영의 목에 양쪽으로 혹처럼 매달았다.

그러고는 간호사에게 입원실로 옮기라는 지시를 내렸다.

강도영이 이동용 침대에 누워 병실로 옮겨진 후 서현탁을 향해 이병웅이 곤혹스러운 표정을 지었다.

강우성과 정영숙은 간호원을 따라 병실로 갔기 때문에 진찰실에는 서현탁만 남아 있었다.

"이거 참… 갑자기 이게 뭔 일인지……."

"박사님, 도영이 어떻게 된 겁니까?"

"솔직히 나도 잘 모르겠어요. 목 안에 있던 폴립들이 절반 이상 부풀어 올랐단 말이에요. 쉽게 말해서 도영 씨 폴립은 함몰형이었는데 돌출형으로 바뀌었다는 겁니다."

"그게… 왜? 박사님, 그게 좋은 겁니까, 나쁜 겁니까?"

"두고 봐야 알 것 같아요. 하지만 한 가지는 분명해요. 무슨 일인지 모르겠으나 도영 씨의 목 상태가 변하고 있다는 거죠."

"고열이 생겨서 정신을 못 차리는데 그렇게 말씀하시면 어떡해요. 뭐라도 해야 되잖아요!"

"일단 항생제와 해열제를 동시에 투입했으니까 지켜봅시다. 지금은 고열 때문에 정신을 차리지 못하지만 곧 나아질 겁니다."

"정말입니까?"

서현탁이 두 눈을 부릅떴다.

아무리 생각해도 이병웅에게 믿음이 가지 않았다.

환자의 상태에 대해 정확하게 모르면서 도대체 무슨 치료를 한단 말인가.

그랬기에 수틀리면 우리나라 최고라는 S대 병원으로 강도영을 옮길 생각까지 했다.

하지만 서현탁을 바라보는 이병웅의 표정도 그에 못지않게 굳어져 있었다.

"내가 못 하면 대한민국 누구도 도영 씨를 치료하지 못해요. 저번에 말했듯이 도영 씨의 상태는 지금까지 학계에 보고되지 않은 특수한 증상을 가지고 있어요. 어떤 의사도 이런 증상을 치료하지 못한다는 뜻입니다. 그나마 나는 도영 씨를 5년 넘도록 지켜본 사람이에요. 그러니 나를 믿고 기다리세요."

*　　　　*　　　　*

강도영은 수액 주사를 팔에 꽂은 채 병실에 누워 있었다.

마치 꿈을 꾸듯 주변에서 떠드는 소리들이 환청처럼 들려왔다.

엄마의 울음소리, 엄마를 달래는 우성이의 걱정스러운 음성, 그리고 자신을 향해 계속해서 뭐라 떠들며 말을 붙이는 현탁이.

불에 덴 듯 목이 아팠고 거기서 생성된 열이 온몸으로 퍼져 나가며 정신을 차릴 수 없었다.

무슨 일이지, 무슨 일일까?

외모가 바뀌면서 목소리를 쓰지 못하게 되었어도 지금까지 이런 일은 처음이었다.

일 년 전 병원에 왔을 때 폴립이 삼분지 일이나 없어졌다는 말을 들은 후 너무 좋아서 펄쩍펄쩍 뛰어다녔다.

가수의 꿈을 포기하고 연기자의 길로 들어섰지만 노래는 그의 괴로웠던 삶을 달래준 유일한 친구였기에 목소리가 돌아올 수 있다는 희망이 생기자 온 세상을 다 가진 것처럼 기뻤다.

그런데 갑자기 이런 일이 생기고 말았으니 덜컥 겁이 났다.

하나님께서 욕심을 부린 그에게 벌을 내린 건지 모른다.

못생겼던 외모 때문에 죽고 싶다는 생각을 가진 채 살아온 자신에게 더없이 멋진 외모를 주었는데도 잃어버린 목소리마저 탐을 낸 자신의 욕심이 이런 결과를 가져온 건 아닐까.

욕심은 화를 부른다더니 맞는 말인 모양이다.

가만히 생각해 보니 자신의 삶도 그렇게 불우한 것만은 아니었다.

끔찍한 사랑을 주신 부모님이 계셨고 누구보다 뛰어나고 착한 동생을 두었으니 행복했던 순간들이 고통 속에서 파노라

마처럼 머릿속을 스쳐 지나갔다.

＊   ＊   ＊

"어떻게 된 거니?"

병실 문을 열고 들어온 서은경이 정영숙에게 인사를 한 후 급히 물어왔다.

병실에 서성이던 서현탁이 그동안 있었던 일들을 차분하게 말해주다가 꽃을 들고 뒤늦게 나타난 신은서를 보면서 입을 떡 벌렸다.

너무나 갑작스러운 출현.

그녀가 어떻게 알고 여기에 온 걸까?

"나랑 같이 왔어. 시사회장에서 만났거든."

"아… 그렇군요. 안녕하세요, 은서 씨."

"오랜만이에요. 그런데… 도영 씨는 괜찮아요?"

"아직… 지켜봐야 한대요."

"어디가 아픈 건데요? 많이 아픈 거예요?"

"목이 좋지 않아요. 오래전부터 목이 좋지 않았다고 말씀드렸잖아요."

"아……."

신은서가 작은 탄식을 터뜨렸다.

들은 적이 있었지만 이 정도로 아플 만큼 큰 병이라 생각하지 않았기 때문이다.

"의사는 뭐래요?"

"목에 물혹이 부어올랐대요. 도영이는 후천적 성대 결절이 심하다고 했는데 그게 문제가 생긴 것 같아요."

"그럼 목소리는……."

말끝을 흐렸지만 그녀의 의도를 알았기에 서현탁의 표정이 금방 어두워졌다.

그 역시 가장 큰 걱정은 그것이었다.

자칫 문제가 커져서 목소리를 잃어버린다면 강도영의 인생은 끝장이 날 수도 있었다.

그럼에도 서현탁은 밝은 목소리로 대답했다.

"걱정하지 말아요. 도영이는 옛날부터 씩씩한 놈이라서 이런 건 금방 이겨낼 겁니다."

"그렇죠?"

"그럼요."

"그런데 도영 씨, 지금 잠자고 있는 건가요?"

"그건… 아침부터 정신을 차리지 못하고 있어요. 빨리 깨어나야 할 텐데 걱정이네요."

"혼절한 상태란 말이에요?"

"예."

서현탁의 대답을 들은 신은서의 눈이 마구 흔들렸다.

잠이 든 줄 알았는데 의식을 차리지 못하고 있다는 말이었다.

서현탁의 대답에 조금 밝아졌던 그녀의 얼굴이 금방 걱정으로 뒤덮였다.

마치 금방이라도 울 것 같은 표정이었다.

"어떡해요… 어떡해……."

＊　　　　＊　　　　＊

누군가 손을 잡고 있는 게 느껴졌다.

병실은 조용했고 오직 손을 잡고 있는 존재만이 남아 있는 것 같았다.

기분을 편하게 만들어주는 향기.

엄마의 따스한 손이 아니었다. 엄마의 손은 이렇게 부드럽지 않으니까.

겨우 힘들게 천천히 눈을 떠 자신의 손을 잡고 있는 사람을 보았다.

거기엔 안타까운 눈으로 자신을 바라보고 있는 여인이 있었다.

신비로운 모습. 마치 하늘에서 금방 내려온 천사처럼 그녀는 자신을 하염없이 바라보고 있었다.

"어머, 도영 씨. 정신이 들어요?!"

"…왔네요. 반가워요."

"괜찮아요? 내가 누군지 알겠어요?"

"그럼요… 천사잖아요."

강도영의 대답에 신은서가 말을 잇지 못하고 빤히 쳐다봤다.

금방 정신을 차린 사람이었기에 그 말이 무슨 의미인지 판단이 안 된 모양이었다.

그 모습을 보면서 강도영이 빙그레 웃었다.

어쩐 일인지 그토록 아팠던 목의 통증이 현저하게 가라앉아 있었다.

"은서 씨, 내가 아픈지 어떻게 알았어요?"

"날 알아보는 거죠? 그렇죠?"

"어떻게 알아보지 못하겠어요. 은서 씨처럼 아름다운 사람은 드물잖아요."

"걱정했어요… 많이……."

자신을 알아보는 그의 목소리를 듣게 되자 가슴이 먹먹해지면서 눈에 습기가 차올랐다.

병원에 온 지 5시간째.

그녀가 병실에서 꼼짝하지 않고 지켜보자 서현탁을 비롯해서 사람들이 하나씩 빠져나가 버렸다.

둘만 있도록 배려해 준 게 분명했다.

알면서도 그들을 따라나서지 않았다. 그녀 역시 강도영의 곁에서 사람들의 눈치를 보지 않으며 그의 얼굴을 원 없이 보고 싶었다.

자신도 모르게 그의 손을 잡았다. 간절하게 깨어나기를 바라면서…….

그런 그녀의 간절함이 강도영을 깨운 것이라면 이 남자는 자신의 운명일 것이다.

"은서 씨 손이 너무 부드러워요."

"아……."

그때서야 자신이 손을 잡고 있다는 걸 깨달았다.

얼굴이 순식간에 붉어지며 급히 손을 뺐다.

여자가 먼저 꼬리 치면 남자가 싫어한다고 했는데…….

하지만 그녀는 손을 빼지 못했다. 어느덧 강도영이 그녀의 손을 마주 잡고 있었기 때문이다.

강도영의 시선이 그녀에게 똑바로 부딪쳐 왔다.

아직 그의 목소리는 작았으나 음성은 그녀의 귀를 향해 정확하게 날아오고 있었다.

"나 이제 결정했어요."

"뭘요?"

"처음에는 아니라고 생각했어요. 당신을 향한 내 마음이 영화 때문에 생긴 한순간의 감정일 뿐이라고 생각했거든요. 영화에서는 내가 당신을 죽을 만큼 사랑했잖아요."

"…그런데요?"

"은서 씨가 다가온 것도 영화 때문이라고 생각했어요. 여자들은 영화의 캐릭터에 매혹되는 경우가 많으니까요. 그래서 많이 망설였어요. 하지만 지금은 아니에요."

"지금 나랑 사귀자고 하는 거예요?"

"맞아요."

"그렇게 냉정하더니 갑자기 그러는 게 어디 있어요. 당황스럽잖아요."

"그래서 싫어요?"

"누가 싫대요!"

제29장
열풍

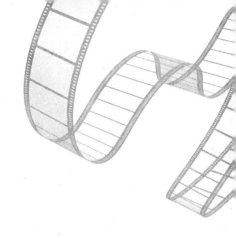

시사회가 끝나고 다음 날부터 인터넷을 술렁거리게 만드는 기사들이 쏟아지기 시작했다.

〈히어로, 영웅들의 이야기. 조국을 위해 싸운 진정한 사나이들이 여기에 있다.〉

〈영화 히어로, 관객들을 숨죽이게 만들다.〉

〈히어로. 유혁과 강도영의 완벽한 조합, 그들이 낸 비장한 남자들의 이야기.〉

신문의 문화 면 톱을 차지한 기사들은 영화의 내용을 자극적으로 뽑아내며 히어로에 대한 소식을 앞다퉈 실었다.

신문의 기능은 독자들에게 정확한 정보를 제공하는 것이 생명인데 히어로에 대한 평가는 모든 신문이 칭찬 일색이었다.

그만큼 잘 만들어졌다는 뜻이었다.

그중 제일일보에 실린 김필영의 평론은 단연 사람들의 시선을 끌어모았다.

영화를 바라보는 전문적인 지식 면에서 그는 국내 탑을 달리는 평론가였기 때문에 그의 평론은 영화 평가의 기준이 될 정도였다.

히어로는 단 한순간도 눈을 떼지 못할 정도의 완벽한 스토리로 관객들을 사로잡는다. 스토리 전반에 흐르는 일관성은 지금까지 본 영화 중에 최고였고 복선과 반전을 곳곳에 장치해서 영화의 내용을 짐작하지 못하게 만들고 있다. 또한, 배우들의 연기력도 무서우리만치 리얼해서 숨조차 쉬지 못할 긴장감을 불러일으킨다. 가장 인상적인 것은 액션 신이었다. 영화에서 나오는 액션 신은 손에 땀이 흐를 정도로 완벽해서 다른 영화가 만들어낸 액션 신과 비교 자체가 불가했다. 더군다나 영화 전반에 흐르는 음악과 특수 효과도 뛰어나 영화와 절묘한 조합을 이룬다. 결론적으로 말한다면 이 영화는 올해 개봉된 영화 중 가장 기대할 만한 수작이라 볼 수 있다.

　영화 사이트의 예고편에 평점이 달리기 시작한 것도 히어로의 시사회가 끝난 후부터였다.

　시사회에서 영화를 관람한 관객들은 열렬한 광팬답게 다음 날부터 평점을 달기 시작했는데 50여 명이 참여한 결과가 무려 9.3이었다.

　의외인 건 전문가들의 평점이었다.

　대체적으로 전문가들의 평점은 일반 관객에 비해 현저히 적은 편인데 히어로는 전문가들도 8.5란 높은 점수를 줬다.

　댓글이 무수히 달린 것은 아마도 히어로를 손꼽아 기다리는 관객들의 기대감과 평점 때문일 것이다.

　'히어로'를 제작한 영화사 측에서 무차별적으로 광고를 때리기 시작한 것은 칭찬 일색인 신문 기사와 높은 평점이 확인된 후부터였다.

　인터넷 유수 포털 사이트들의 전면 상단에 '히어로'의 포스터가 걸렸고 심지어는 버스 측면과 지하철, 주요 도시의 빌딩 상단에 설치된 와이드 비전에도 예고편이 나올 정도였다.

　그러나 무엇보다 '히어로'를 기대하게 만든 것은 시사회를 나녀온 관객들이 블로그에 너도나도 앞다퉈 감상평을 올렸기 때문이다.

대부분 파워 블로거인 그들의 반응은 모두 극찬이었기에 방문객들의 기대감을 하늘 끝까지 치솟게 만들었다.

＊　　　　＊　　　　＊

며칠 동안 많은 사람이 다녀갔다.

소속사 사장인 이승환은 물론이고 윤철욱이 입원 당일 밤에 찾아왔고 김동혁 감독과 스태프들, 유혁을 비롯한 배우들, 오랜 시간 호흡을 맞춘 조철상과 스턴트맨들도 그 다음 날 문병을 왔다.

연예부 기자들이 찾아온 건 당연한 일이었다.

하지만 숫자는 그리 많지 않았다.

아직 강도영은 용의 칼에서 조연을 맡았던 신인에 불과했기 때문에 히어로가 개봉되지 않은 상태에서 그를 주목하는 기자들은 몇 사람에 불과했다.

의외인 것은 강민경이 입원한 지 3일이 지났을 때 불쑥 찾아 왔다는 것이었다.

"도영아, 나 왔어. 괜찮니?"

"응."

주춤거리며 들어서는 그녀를 반갑게 맞아주지 못했다.

3일이 지나면서 몸의 상태가 많이 호전되었음에도 그녀를 흔쾌히 반기지 못한 것은 미안함 때문이었다.

아무것도 모르는 그녀에게 불같이 화를 내는 바보 같은 짓을 하고 말았다.

아마, 그녀는 갑자기 머리에 망치를 얻어맞은 것과 비슷한 충격을 받았을 것이다.

그럼에도 그녀는 자신이 아프다고 하자 이렇게 찾아왔다.

"걱정했어. 많이 아프다고 해서."

"그랬구나. 이젠 괜찮은데 괜히 왔네. 나중에 봐도 되었을 텐데."

"나 잠깐 앉아도 돼?"

"그럼 당연하지."

"다행이야. 괜찮아 보여서. 언제 퇴원할 수 있어?"

"많이 좋아졌으니까 금방 퇴원할 수 있을 거야. 목에 붓기가 많이 가라앉았대."

"성대 결절이라며. 노래도 안 하는 사람이 왜 그런 병에 걸린 거야?"

"나도 몰라. 나쁜 짓을 많이 해서 그런가 봐."

"무슨 나쁜 짓을 했는데?"

강도영의 대답에 강민경이 두 눈을 동그랗게 떴다.

그녀로서는 갑작스러운 강도영의 대답이 농담으로 들리지 않았던 모양이었다.

그녀의 표정에 강도영이 쓴웃음을 지었다.

"너한테 화를 냈잖아."

"그게 나쁜 짓이야?"

"응."

"실은… 나 오랫동안 궁금했어. 네가 나한테 화를 낸 이유를 몰라서 고민 많이 했어."

"미안해."

"그 말 들으려고 물은 거 아니야. 말해줘. 왜 나한테 그렇게 화를 낸 거니?"

"바보라서 그래. 속도 좁고."

"화낸 이유가 있을 거 아냐. 답답하게 하지 말고 말해봐."

"민경아, 그때 내가 너무 흥분해서 그래. 현탁이가 자꾸 이상한 말을 해서 내가 참지 못했던 거야. 술도 마셨잖아."

"거짓말하지 마. 너는 그럴 애가 아냐. 뭔가 다른 이유가 있는 것 같아."

"그동안 연락하지 못한 거 미안해. 잘못을 저지른 건 난데 괜히 심술을 부려서 너를 힘들게 만든 것 같아. 앞으로는 우리 친구, 마음 아프게 하지 않을게."

"정말이지?"

"하하하… 금방 화가 풀리네. 단순하게."

"나 원래 단순한 여자야."

강도영의 사과에 강민경의 얼굴이 환하게 밝아졌다.

그녀는 이곳에 오면서 강도영이 또다시 화를 낼까 봐 많은 고민을 했었던 모양이다.

그래서 그런지 특유의 웃음이 살아나기 시작했다.

"너 영화 찍은 거 지금 난리야. 영화 사이트 보니까 기대 순위 1위더라."

"김동혁 감독님 작품이잖아."

"사람들이 그러는데 정말 잘 만들었대. 시사회 다녀온 사람들이 영화 보는 내내 넋이 나갈 정도라고 하더라."

"정말 그랬어?"

"그렇다니까. 나도 개봉하기를 기대하고 있어. 히어로 개봉되면 모든 일 제치고 가서 볼 거야."

"고맙다."

"고맙긴 뭐. 친구가 주인공으로 나온다는데 당연히 봐야지."

강민경이 어깨를 으쓱하며 고개를 흔들었다.

눈앞에서 아름다운 여자가 장난스러운 행동을 하자 저절로 웃음이 나왔다.

그녀는 자신이 그렇게 하면 수많은 남자가 정신을 잃어버린다는 걸 모르는 모양이다.

그럼에도 강도영은 그녀가 행동을 멈추자 툭 하고 입을 열었다.

"요즘 뭐 해?"

"드라마 끝나고 쉬는 중인데 조금 있으면 광고 찍어야 돼. 그때까지 재밌게 놀아야 되니까 빨리 퇴원해. 난 지금 네가 이렇게 아파서 병원에 있는 게 너무 억울해."

"왜?"

"잘못했다고 싹싹 빌었으니까 마음껏 부려먹어야 하잖아. 그래야 내가 그동안 고민한 거 갚지. 그런데 아프다고 핑계 대면 어떡하니?"

"크크크… 마음씨 착한 줄 알았는데 심보가 고약하네. 나 퇴원 안 해. 나가면 네 성화에 큰일 나겠다."

"호호… 까불지 말고. 빨리 퇴원이나 해. 내가 맛있는 거 사줄게."

이상한 웃음을 흘리며 뻗대자 그녀가 손을 뻗어 장난스럽게 강도영의 어깨를 때렸다.

그녀는 강도영의 농담이 너무나 즐거운 것 같았다.

문제는 병실 문을 열고 들어온 신은서가 그 장면을 봤다는 것이었다.

"뭐 해요?"

"은서야!"

강민경이 놀란 눈으로 신은서의 이름을 불렀다.

그때서야 침대 옆에 앉아 있는 여자의 정체를 확인한 신은서가 두 눈을 동그랗게 떴다.

"민경이 네가 웬일이니?"

"난 문병 왔지. 도영이가 아프다고 해서. 그런데 넌?"

"나는… 나도 문병 왔어. 도영 씨랑 같이 영화 찍었잖아."

"아, 그렇구나. 어쨌든 반갑다, 얘. 여기서 볼 줄은 몰랐네."

"응……."

신은서가 강민경의 반가워하는 얼굴을 보며 살짝 당황한 표정을 지었다.

둘은 나이도 같고 데뷔도 비슷한 시기에 했다.

더군다나 같은 모임에 있기 때문에 꽤나 친하게 지내는 사이였다.

그럼에도 신은서가 반갑게 그녀를 맞이하지 못한 것은 두 사람의 관계를 몰랐기 때문이다.

너무나 친하게 보였다. 상대방의 어깨를 때릴 정도로. 거기에 말까지 놓고 있으니 어떤 관계인지 너무나 궁금했다.

강도영이 사귀자는 말을 했을 때 심장이 떨어져 나갈 정도의 놀람과 기쁨이 가슴을 가득 차지했었다.

혼자만의 사랑이 둘로 변했다는 사실이 그녀를 더없이 행복하게 만들었다.

그런데 불과 이틀 만에 강민경이 나타나 강도영의 침대 옆을 차지하고 있는 걸 보자 당황스러움이 몰려왔다.

그럼에도 신은서는 금방 표정을 바꾸고 방긋 웃으며 입을 열었다.

그만큼 그녀는 침착한 여자였다.

"둘이 친해 보이네?"

"응, 우린 친구야."

"친구라고?"

"예전에 커피 광고를 찍었을 때 친구 하기로 했어. 같은 소속사이기도 하고."

"그랬구나."

강민경의 대답에 신은서가 살짝 한숨을 몰아쉬었다.

친구.

저렇게 아름다운 여자와 친구가 될 수도 있는 걸까.

광고 한 번 같이 찍었다고 이 정도로 살갑게 지낸다는 건 절대 있을 수 없는 일이란 생각이 들었다.

그녀의 생각과 다르게 강민경은 여전히 웃음을 머금고 입을 열었다.

"그런데 왜 손에 아무것도 없어? 문병 왔으면 뭐라도 사가지고 와야 되는 거 아니니?"

"촬영 가다가 잠시 들른 거야. 워낙 시간이 없어서 사올 생각을 못 했어."

"에이, 그래도 그렇지. 그럼 금방 가야 해?"

"얼굴만 보고 가려고 했어. 이젠 얼굴 봤으니 가야지. 지금 가도 촬영 시간에 빠듯하게 도착하겠다. 도영 씨, 몸조리 잘해요. 지금은 시간이 없어서 갸야 하니까 나중에 다시 올게요."

"그러세요. 와줘서 고마워요."

신은서의 인사에 강도영이 빙긋 웃으며 손을 흔들었다.

그러자 신은서가 급하게 병실을 빠져나갔다.

강민경의 눈이 지그시 오므려진 것은 두 사람의 행동이 뭔가 이상하다는 것을 느꼈기 때문이다.

잠깐 들러? 그것도 촬영하러 가다 말고?

더 이상한 건 그녀가 병실에 있는 것 때문에 서둘러 자리를 피한다는 느낌이 강하게 들었다는 것이다.

"도영아, 쟤 이전에도 온 적 있어?"

"아니."

*　　　　*　　　　*

입원하고 5일이 지나자 몸이 훨씬 가벼워졌다.

이병웅 박사가 그에게 온 것은 햇빛이 병실로 쏟아져 들어오던 오후 무렵이었다.

마침 병실에는 가족들과 서현탁까지 모두 모여 있었는데 이병웅 박사의 손에는 몇 장의 사진이 들려 있었다.

"도영 씨, 잔뜩 부풀어 올랐던 폴립이 점점 가라앉고 있어요. 몸은 괜찮죠?"

"예, 좋습니다."

"허허… 이것 참. 난 도영 씨를 보면서 회의를 느끼곤 해요. 이런 증상, 이런 회복은 처음 겪는 거라서 놀랍기도 하고 두렵다는 생각도 들어요."

"박사님, 왜 그런 말씀을……."

"도영 씨가 처음 병원에 왔을 때 여기 있던 폴립이 5㎜까지 부풀어 올라 있었어요. 성대를 가득 채울 만큼 말이죠. 항생제를 주입하고 해열제를 처방하면서 나는 이 상태가 계속 유지되면 수술까지 생각했는데 단 며칠 만에 이렇게 완화되었잖아요. 정말 놀라운 일입니다."

"제 목이 좋아진 건가요?"

"며칠 더 두고 봐야 할 것 같지만 이전 상태를 본다면 같은 결과가 나올 거란 판단이 드는군요. 여기 보이죠?"

"예, 보여요."

"여기와 여기가 다르잖아요. 여긴 원래의 함몰형 폴립이고 이건 부풀어 올랐다가 가라앉은 거예요."

"그럼……?"

"맞아요. 이전에 깨끗이 변한 것처럼 이번에도 그렇게 될 것 같군요."

"그럼 많이 좋아졌다는 거네요. 고맙습니다, 박사님."

"고맙긴요. 내가 한 일이 별로 없는데 그런 소릴 들으니 쑥 스럽네요. 이젠 폴립이 얼마 남지 않았어요. 지금 같은 추세 라면 나머지 폴립도 일 년 이내에 없어질지 몰라요."

＊　　　　＊　　　　＊

퇴원을 한 것은 입원한 지 정확하게 일주일이 지나고 나서 였다.

그의 상태는 이병웅의 말처럼 그대로 나타났다.

폴립이 사라졌다. 그것도 완벽하게.

첫 번째 폴립이 사라졌을 때는 언제 그랬는지조차 몰랐지 만 두 번째 부위의 폴립은 열흘이란 고통을 겪은 후에 사라졌 다.

이제 마지막 남은 것은 성문상부에 있는 5㎝ 범위의 용종 들뿐이었다.

하지만 그 용종은 진성대 쪽에 분포하고 있었기 때문에 가 장 위험한 부위기도 했다.

강도영이 퇴원한다는 소식이 전해지자 이승환이 득달같이 달려왔다.

그는 그냥 온 것이 아니라 양손에 보약을 들고 왔는데 강도영 것뿐만 아니라 부모님 것까지 가져왔다.

"도영아, 아무 생각 하지 말고 당분간 푹 쉬어라. 너한테 광고가 들어왔지만 내가 캔슬시켜 버렸다. 지금은 무리할 필요 없어."

"제 몸은 괜찮아요. 며칠 지나면 좋아질 텐데 왜 그러셨어요?"

"인마, 금방 일어난 사람이 무슨 일을 해. 괜찮으니까 건강해질 때까지 푹 쉬고 나와. 알았지?"

"…알겠습니다."

역시 사업가다. 장기적인 투자 관점에서 본다면 최고의 처세술이기도 하다.

강도영의 몸값은 현재 오천에서 칠천 사이에 있었으니 회사에서는 어떡하든 광고에 출연시키고 싶은 게 당연한 일이었음에도 이승환은 강도영의 몸 상태를 생각해서 과감하게 광고를 거절했다는 이야기였다.

하지만 강도영은 이승환의 호의를 있는 그대로 받아들였다.

누군가에게 관심과 걱정을 받는 건 그의 인생에서 흔하지 않는 일이었다.

이승환이 병원을 나간 후 조금 지나 신은서가 교대하듯 병실로 들어왔다.

방글방글.

그녀는 강도영이 완쾌해서 퇴원하는 게 너무나 기쁜 모양이 었다.

"어머니, 그동안 안녕하셨어요?"

"오늘은 더 예뻐졌네. 은서 씨는 언제 봐도 천사 같아요."

"호호⋯ 감사합니다. 어머니도 점점 고와지시는 것 같아요."

정영숙의 칭찬에 신은서가 아양을 떨었다.

그녀는 병실에 들어온 후 강도영은 쳐다보지 않은 채 자리를 지키고 있는 정영숙과 대화를 나누었는데 어느새 호칭도 어머니로 변해 있었다.

강도영과 같은 나이였으니 그녀의 나이도 벌써 스물여덟이다.

아직 사귄 지 불과 일주일에 불과했지만 그녀가 정영숙을 대하는 태도는 마치 며느리가 시어머니를 대하는 것처럼 보였다.

배우라서 그런가, 사람을 대하는 태도가 너무나 자연스러웠다.

하지만 그건 정영숙도 마찬가지였다.

강도영이 입원해 있는 동안 바쁜 스케줄에도 불구하고 5번이나 찾아왔기 때문인지 그녀는 시간이 지날수록 신은서를 허물없게 대했다.

성영숙과 두 사람의 대화를 지켜보던 서현탁이 슬그머니 자리를 비켜준 것은 둘만 있게 해주려는 배려였다.

"언제 나가요?"

"이제 가야죠. 은서 씨 오면 가려고 기다렸어요."

"정말?"

"우리 나가서 맛있는 거 먹어요. 병원에서 주는 밥만 먹었더니 죽을 지경이라고요."

"뭐 먹고 싶은데요?"

"삼겹살. 그리고 짜장면."

"에휴, 언제는 나 보고 천사라더니… 이거 우리 데이트하면 맨날 삼겹살 먹는 거 아니에요?"

"어라… 삼겹살 좋아하는 거 아니었어요?"

"그때는 도영 씨 꼬실려고 그런 거죠. 이궁, 이 남자 정말 눈치도 없어. 우리 첫 데이튼데 삼겹살이라뇨. 여자는 분위기에 약한 거 몰라요?"

"그런가, 그럼 어디 가죠?"

"음… 우아하게 피자?"

"헐, 그게 삼겹살보다 더 우아해요?"

"히힛, 그냥 해본 소리예요. 준비 다 끝났으면 가요. 삼겹살 먹으러."

신은서가 이상한 웃음소리를 흘리며 정영숙이 싸놓은 짐을 정리하기 시작했다.

그녀는 가지고 나갈 짐을 전부 챙긴 다음 서현탁을 부르러

밖으로 나갔다.

그 모습을 보며 강도영은 푸근한 미소를 지었다.

여자에게 사랑을 받는다는 것은 이렇게 가슴 설레는 것이구나.

서현탁과의 소중한 우정과는 근본이 다른 감정.

사랑이란 온 세상을 환하게 비출 만큼 행복과 환희를 동시에 가져다주는 고귀한 선물이란 걸 신은서를 보면서 새삼 깨달았다.

＊   ＊   ＊

'히어로'의 개봉은 더위가 물러가고 서늘한 바람이 불어오기 시작한 8월의 마지막 주 목요일이었다.

워낙 많은 사람이 관심을 가지고 기다렸기 때문에 영화를 제작한 DR미디어 쪽은 히어로의 성공을 잔뜩 기대하고 있었다.

변수가 있다면 태인영화사가 할리우드에서 만든 SF 영화 '에이리언의 진화'를 같은 날짜에 개봉한다는 것이었다.

'에이리언의 진화'는 우리나라 돈으로 1,000억이 투자된 초특급 대작으로 많은 사람이 기대하고 있었는데 북미 박스 오피스에서 연속으로 2주 동안 1위를 차지하고 있었다.

기대작들이 겹치는 일은 상도의상 피하는 게 상식이었다.

따라서 영화사들은 영화 개봉일을 두고 먼저 협의하는 것이 관례였는데 태인영화사는 히어로의 개봉 시기에 맞춰 '에이리언의 진화'를 무조건 때려 넣었다.

물론 전혀 협의가 없었던 건 아니었다.

하지만 태인 쪽이 뒤늦게 영화를 수입하면서 개봉일을 바꾸지 않겠다고 우겼기 때문에 협상이 원활하게 진행되지 못했다.

'히어로'의 개봉일이 먼저 정해졌지만 그들은 전혀 그런 것을 배려할 생각이 없는 것 같았다.

자신감이 있었기 때문일까?

대중들이 '히어로'에 대한 관심이 뜨거워도 그것은 '에이리언의 진화'가 수입이 결정되기 전의 이야기란 게 태인 쪽의 판단이었다.

DR사장 주형길이 삼 일 앞으로 다가온 '히어로'의 개봉을 앞두고 고민에 빠진 것은 바로 그런 이유 때문이었다.

"김 감독, 자네 생각은 어때?"

"지금으로서는 뭐라 말씀드리기 그렇네요. 에이리언의 진화가 워낙 대작이잖습니까."

"씨발, 태인 이 개새끼들. 생각 같아서는 때려죽이고 싶구만."

"그 사람들도 어쩔 수 없었을 겁니다. 이미 북미 쪽에서 개봉한지 꽤 됐기 때문에 조금 지나면 동영상이 흘러다닐 테니 개봉일을 최대한 당기고 싶었던 거죠."

"그래도 그렇지. 남의 잔치에 코를 풀어!"

"이젠 기다리는 수밖에 없습니다. 관객들은 잘 만들어진 영화는 반드시 봅니다. 비록 일정 부분 '에이리언의 진화'에 관객을 뺏기겠지만 '히어로'가 쉽게 무너지지는 않을 겁니다."

"당연히 그래야지. 하지만 자네도 잘 알잖아. 대작들이 같이 가면 둘 다 죽을 수도 있어. 최광수의 '광견'이 '나인 워치'하고 부딪쳐서 3주 만에 간판 내렸다고!"

주형길의 목소리가 올라갔다.

그는 태인영화사의 행태를 도저히 용서할 수 없는 모양이었다.

최광수는 김동혁과 비견되는 다섯 명의 감독 중 한 명이었는데 작년에 그가 만든 추리 영화 '광견'은 할리우드의 공포 영화 '나인 워치'와 동시 상영 되며 관객 수 250만을 기록하고 막을 내렸다.

제작비를 150억이나 투입하고도 그 정도의 관객밖에 동원하지 못했으니 완전히 망한 것이다.

김동혁이 싸늘하게 식은 커피 잔을 들어 올린 건 주형길이 소리를 지른 후 한숨을 길게 내리쉴 때였다.

"사장님, 우리가 이깁니다. 그러니 걱정하지 마세요."

"정말 이길 수 있을까?"

"히어로는 제가 만든 영화 중에서 탑입니다. 저는 이 영화를 만들면서 5시간 이상 자본 적이 없습니다. 그러니 반드시 이길 겁니다."

*　　　　*　　　　*

김찬종과 이희식은 수업이 끝나고 도서관에서 공부를 하다가 구내 식당에서 저녁을 먹은 후 교정을 가로지르며 길게 뻗은 대로를 따라 걸어 내려갔다.

학교 근처에는 영화관이 없었기 때문에 영화를 보기 위해서는 버스를 타고 나가야 했다.

오늘은 그들이 기대하고 있던 히어로가 개봉되는 날이었다.

문제는 김찬종이 자다가도 벌떡 일어날 정도로 좋아하는 할리우드의 SF 영화 역시 같이 개봉한다는 것이었다.

'에이리언의 진화'는 북미 박스오피스에서 1위를 달리고 있었기 때문에 김찬종은 일주일 전부터 개봉일이 오기를 손꼽아 기다리고 있었다.

"어쩔래?"

"뭘?"

"친구야, 우정을 택해라. 나를 위해서 '에이리언의 진화'를 보자."

"아, 그 새끼 사람 미치게 만드네. 이 자식아, 취업 공부 때문에 6달 만에 보는 영화다. 그런데 내 선택권을 꼭 그렇게 뺏어야겠냐?"

"친구 좋다는 게 뭐냐. 제비도 친구 따라 강남 간다잖아."

"우와, 미치겠네."

"내가 영화 비용 댈게."

"그게 문제가 아니라니까. 내가 언제 또 영화를 보겠냐? 이것도 큰 맘 먹고 가는 거야. 취업 시험이 얼마 안 남았는데 또 영화를 볼 수 있겠어?"

"자식아, 그러니까 부탁하는 거잖아. 영화는 둘이 봐야 재밌는 거야. 겨우 영화관에 같이 가서 따로 영활 보면 사람들이 욕해."

"인마, 누가 우릴 본다고 그래."

"보는 사람 있어. 그러니까 내 말 들어."

"알았다, 알았어. 씨발, 내가 친구 따라 강남 간다. 됐지?"

"고맙다, 친구야."

"어라, 쟤 숙진이잖아. 숙진아!"

결국 김찬종의 우격다짐에 항복한 이희식이 앞에서 걸어가는 같은 과 친구, 권숙진을 확인하고 소리를 버럭 질렀다.

그녀는 오늘따라 어쩐 일인지 단짝인 민정희를 떼어두고

혼자 걸어가는 중이었다.

그의 고함 소리에 권숙진 몸을 돌렸다.

"야, 쪽팔리게 왜 소릴 지르고 그래. 토목과 아니랄까 봐 하는 짓 하고는… 쯧쯧."

"흐흐, 계집애. 그런 저는 꼭 가정과 다니는 것처럼 말하네."

"시끄럽고, 왜 불렀어?"

"어디 가는지 궁금해서 불렀지. 정희는 어따 두고 혼자 가서?"

"걔는 집에 일이 있대. 그래서 나 혼자 가는 거야."

"어디 가는데?"

"영화 보러."

"와아, 우리도 영화 보러 간다. 같이 가자."

"이것들이 취업 시험이 얼마나 남았다고 영활 보러 가. 취직 못 해서 징징 짤려고 그래?"

"허이구, 그런 저는."

"난 건설사에 들어가는 거 포기했어. 적성에도 안 맞는 것 같고. 나 같은 요조숙녀가 공사판에서 뒹굴 수가 있겠니?"

"그럼 뭐 하려고."

"엔지니어링 회사에 취직할 거야. 난 설계하면서 우아하게 살고 싶어."

"쩝, 좋은 판단이네. 거긴 끗발이 있어야 가는 곳인데 단단한 백이 있는 모양이지?"

"우리 삼촌이 정인엔지니어링 상무야. 그러니까 알아서 해 주겠지."

"씨발, 좋겠다."

이희식이 입을 쩍쩍 다시며 부러움에 침을 질질 흘렸다.

요즘 같이 취직이 어려운 시기에 그런 백이 있다는 건 하늘이 주신 영광이었다.

이런저런 이야기를 나누며 버스를 타고 영화관으로 향했다.

보통 평일에는 영화관이 한적한데 건물로 들어서는 순간 웅성거리는 소리가 몸으로 느껴질 정도로 사람이 많았다.

"이게 무슨 일이라니. 평일인데 사람이 왜 이렇게 많아?"

"당연하지. 오늘 히어로하고 에이리언의 진화가 동시에 개봉하는 날이잖아. 그래도 생각보다 사람들이 너무 많은데?"

권숙진이 대답을 하면서 의외라는 듯 놀란 표정을 지었다.

영화관은 상영 시간을 기다리는 사람들로 가득 붐볐는데 팝콘을 사기 위한 줄이 10m씩 늘어서 있었다.

"너희들 표는 끊었어?"

"아니… 여기 와서 끊으려고 했지. 평일이라서 예매 안 했다."

"뭐 볼 건데?"

"나는 히어로 보고 싶은데 이놈이 '에이리언' 보자고 난리야. 완전히 날강도 같은 놈이다."

"빨리 가서 끊어. 사람들 많은 걸 보니까 자리 없겠다."

"넌?"

"난 20분 후에 시작하는 거 볼 거야. 예매했거든. 아 참, 나한테 표가 하나 더 있어. 정희가 같이 보기로 했는데 집에 일이 있다고 해서 못 왔잖아. 희식이, 너 이거 볼래?"

"정말?"

"응, 혼자 보려니까 왠지 외롭네."

"나야 땡큐지."

"지랄하고 있다. 야, 이 자식아. 어떻게 우정이 금방 변하니. 네가 인간이냐?"

"난 우정보다 사랑을 따르련다. 이 기회에 숙진이 하고 데이트하면서 내 사랑을 전하고 싶다. 찬종아, 나에게 기회를 주라."

"지랄한다."

"너, 나 좋아했어?"

김찬종이 입을 삐죽 내밀자 권숙진이 눈을 동그랗게 뜨고 물었다.

그녀는 이희식이 정색을 하고 말하자 놀란 모양이었다.

"넌 우리 과의 꽃이잖아. 예전부터 좋아했는데 워낙 인기가 많아서 이야기할 틈이 없었다. 난 이게 하나님이 나를 보우하사 일어난 일이라고 생각하는데 네 생각은 어때?"

"아이고, 영화 같이 보기는 틀렸네. 봐라, 둘이 손 꼭 잡고. 에잇, 우정이 뭐가 중요해. 사랑이 최고지. 팝콘 같이 먹으면서 은근슬쩍 손도 잡고 그래라, 이 자식아!"

"놀고들 계세요. 영화 본다고 했지 누가 사귄다고 했어. 너 바보 아니니?"

김찬종의 설레발에 권숙진이 소리를 빽 질렀다.

하지만 그녀의 얼굴은 어느새 발갛게 달아올라 있었다.

이희식이 부랴부랴 팝콘과 콜라를 사서 왔을 때 영화관의 상당 부분이 텅 빈 공간으로 변해 있는 상태였다.

"뭐야, 왜 이래 이거. 사람들 다 어디 갔어?"

"히어로 보러 들어갔다. 와, 미치겠네. 히어로가 기대 순위 1위라더니 사람들이 전부 히어로 보러 온 모양이야."

"그러니까 내가 뭐랬냐. 히어로 보자고 했잖아!"

*   *   *

이희식은 권숙진과 함께 히어로가 상영되는 3관으로 걸어갔다.

농담처럼 말했지만 권숙진을 마음에 두고 있었던 것은 사실이있기에 그녀와 함께 걷는 복도가 천국으로 가는 길처럼 행복하게 여겨졌다.

극장 안으로 들어가자 벌써 사람들이 자리를 꽉 메우고 있는 것이 보였다.

"우와, 사람들 봐. 엄청나네."

"빈자리가 보이지 않아. 이거 정말 이상한데?"

이희식이 권숙진의 탄성을 받으며 고개를 갸우뚱거렸다.

아무리 기대작이라지만 이건 너무 심하다는 생각이 들었다.

물론 저녁이라 회사에 다니는 사람들이 일과를 마치고 올 수도 있으나 평일에 이 정도로 객석이 꽉 차는 경우는 극히 드문 경우였다.

"강도영 때문에 그래."

"응?"

"히어로에 대한 기대감도 크겠지만 강도영이 출연해서 그런 것 같아. 봐, 여자 관객들 수가 훨씬 많잖아."

"걔가 왜?"

"용의 칼 때문에 강도영한테 여자 팬들이 엄청 생겼어. 실은 나도 그 사람이 나온다고 해서 보러온 거야."

"어이구, 환장하겠네."

"히힛, 질투 나니?"

"그럼 안 나냐? 좋아하는 여자가 다른 남자 타령하는데 기분 좋은 놈이 누가 있어."

"야, 너 오늘 이상해. 4년 내내 가만히 있다가 오늘따라 왜 그러니. 정말 나 좋아하는 거 맞아?"

"그렇다니까."

"관두자. 너는 항상 진실성이 없어, 진실성이."

"왜 진실성이 없다고 생각하는데?"

"갑자기 그런 소릴 하니까 그렇지. 모든 일에는 순서가 있는 건데 우연히 영화 보게 된 자리에서 좋아한다고 떠들면 그걸 누가 믿어!"

"그런가?"

"넌 그게 문제야. 바보같이 맨날 농담이나 하고."

권숙진이 인상을 찡그리며 이희식을 노려봤다.

싫어서가 아니다.

오랜 시간 눈여겨 왔으나 이희식은 한 번도 그녀에게 접근해 온 적이 없었다.

대화를 할 때도 실없는 농담이나 했을 뿐 남녀 사이에 있을 법한 다정한 눈빛조차 보인 적이 없었기에 오랜 시간이 지나자 자연스럽게 그에 대한 감정을 정리했었다.

그런 마당에 오늘에 와서야 갑자기 이상한 소릴 하자 자신도 모르게 짜증이 밀려왔다.

이희식의 시선이 변한 것은 그녀의 목소리가 올라갔기 때문일 것이다.

"그럼 어쩌면 믿을래?"

"행동으로 해봐. 그러면 믿어줄게."

"알았어."

말이 끝나자마자 이희식이 불쑥 그녀의 손을 잡았다.

완강하게.

놀라서 빼려는 권숙진의 시도는 이희식의 완력을 이겨내지 못했다.

"가만히 있어. 사람들 보잖아."

"이 손 안 놔!"

"안 놔. 네가 믿을 때까지 이 손 놓지 않을 거다."

"야… 너 자꾸 바보 같은 짓 할래?"

"바보라도 할 수 없다. 네 손 오래전부터 잡고 싶었는데 오늘에서야 용기를 낸다. 그러니까 놓으라고 하지 마."

"알았어… 나 팝콘 먹고 싶단 말이야. 그러니 손 놔, 믿어줄 테니까."

권숙진은 손에서 힘을 뺀 상태로 이희식을 바라보았다.

처음의 시선에 담긴 날카로움은 어디론가 사라지고 그녀의 눈에는 부끄러움과 부드러움이 같이 자리하고 있었다.

그렇기에 이희식은 빙긋 웃으며 그녀를 잡은 손에서 힘을 뺐다.

마침 스크린에서는 영화의 시작을 알리는 영상이 펼쳐졌고 극장은 어둠 속으로 빠져들었다.

가슴이 뛴다.

오랫동안 말도 하지 못한 채 지나왔던 감정들이 갑작스러운 용기와 우연으로 나타났고 그녀의 입에서 반쯤 허락하는 말이 떨어지자 가슴이 미친 듯이 뛰었다.

사랑은 비를 타고 어느 날 갑자기 내려온다더니 자신에게도 그런 일이 생길 줄은 꿈에서조차 생각하지 못했다.

기대하던 영화였지만 이런 심장으로 영화가 눈으로 들어올 것 같지 않았다.

그녀와 함께 있는 것만으로도 그의 영혼은 반쯤 넋이 나갔으니 이젠 아무리 재밌는 영화라도 그의 감성을 건드리지 못할 것 같았다.

하지만 그런 그의 생각은 영화가 시작되자마자 하늘 저편으로 연기처럼 사라져 갔다.

강렬하고도 충격적인 첫 장면.

야수를 연상케 하는 강도영의 카리스마는 시작되자마자 폭발적으로 스크린을 장악하기 시작하더니 영화가 진행될수록 점점 강렬해져 갔다.

전율의 130분.

영상을 가득 채운 비장미의 극치.

피를 흘리며 정의를 위해 싸우는 사나이들의 분노가 이희식의 정신을 송두리째 빼앗아갔다.

온몸에 오한이 생겨났다.

동료를 위해 그리고 국가의 안위를 위해 죽음을 두려워하지 않는 주인공들의 용기를 보는 순간 자신의 삶이 부끄러워졌다.

누군가가 만든 영화에 불과했으나 스크린을 가득 채운 영상을 보는 내내 자신이 직접 그 속에 빠져든 느낌이 들었다.

지금까지 이런 영화를 본 기억이 없다. 그리고 이렇게 완벽한 연기도 보지 못했다.

권숙진이 강도영에 대해 칭찬하는 걸 들었지만 그를 잘 몰랐기 때문에 마음속으로 승복하지 않았었다.

신인에 불과한 놈이 연기를 잘하면 얼마나 잘하겠냐는 비웃음도 가졌었다.

하지만 영화가 끝나는 순간 자신도 모르게 자리에서 일어날 수밖에 없었다.

강도영, 정말 대단한 놈이다.

대역을 썼는지 직접 촬영한 것인지는 영상만 보면 알 수 있을 정도로 많은 영화를 봤다.

지금은 취직 시험 때문에 한동안 영화를 보지 않았지만 그는 누구나 인정하는 영화광이었기에 영화를 보는 눈은 누구 못지않게 뛰어났다.

단박에 알 수 있었다.

강도영은 모든 액션 신을 직접 소화했고 어떤 스턴트맨보다 뛰어난 실력과 열정으로 스크린을 장악해 버렸다.

더군다나 그가 내뱉는 한마디 한마디의 대사들은 영화를 지켜보는 남자들의 오감을 자극하기에 충분할 정도로 상남자의 포스를 작렬시켰다.

사내들이 언제나 꿈꾸는 카리스마의 절정이 그의 음성에 그대로 들어 있었다.

완전한 동화.

강도영은 신인이라 여겨지지 않을 만큼 자신의 배역에 완전히 동화되어 열혈 형사 강태산을 완벽하게 소화해 냈다.

영화가 끝나고 옆에 있던 권숙진을 확인하자 그녀는 자리에서 일어서지 못한 채 스크린에서 시선을 떼지 못하고 있었다.

충격을 받았기 때문일까. 아마, 그럴 것이다.

남자인 자신도 정신 못 차릴 정도의 마력을 느꼈으니 여자들이 느낀 감정은 훨씬 더 컸을 것이다.

그것을 증명하듯 영화가 끝났어도 상당수의 관객들은 자리에서 일어나지 못했는데 대부분이 여자였다.

*　　　　*　　　　*

일주일간 입원을 했었지만 보름 정도 지나자 컨디션이 이전보다 훨씬 좋아졌다.

그 기간 동안 강도영은 영화가 개봉되기를 손꼽아 기다리며 시간을 보냈다.

각종 영화 사이트와 블로그, 신문기사에서는 히어로의 평판이 매우 좋은 것으로 나타났지만 강도영은 기대와 걱정을 가지고 영화관으로 향했다.

자신의 연기가 스크린에서 어떻게 나왔는지 궁금해서 미칠 지경이었다.

신은서는 정말 훌륭했다며 입에 침이 마르도록 칭찬했으나 그녀의 말을 곧이곧대로 믿기는 어려웠다.

사랑에 빠진 여자는 눈에 콩깍지가 씌워지기 때문에 올바른 판단이 어려운 법이고 연인에게는 없는 것도 있다고 말할 정도로 이성적이지 못하다.

드디어 개봉일이 되자 강도영은 아침 일찍 일어나 세면을 하고 옷을 갈아입었다.

개인 사생활이라 생각했기 때문에 서은경의 코디를 받지 않은 채 그저 편한 청바지와 외투를 입었다.

서현탁이 집으로 온 것은 9시가 조금 넘었을 때였다.

"준비 다 됐어?"

"왜 이렇게 늦게 왔냐. 조조 보자고 했잖아!"

"흐흐… 늦잠 잤다."

"잘하는 짓이다."

"가자, 차 대놨어. 지금가면 조조 충분히 볼 수 있다."

늦게 온 것이 미안했던지 서현탁이 먼저 서둘렀다.

두 사람이 서초동에 있는 영화관에 도착한 것은 그로부터 30분이 지난 후였다.

"도영아, 내가 먼저 가서 영화표 받아놓을 테니까 정확히 10분 후에 올라와."

"같이 가. 누가 알아본다고 그래."

"넌 인마, 이미 스타야. 잘못하면 사람들한테 둘러싸여서 영화도 못 볼 수 있어."

"못 알아보니까 걱정 마. 목욕탕에서도 못 알아보던데 영화관이라고 알아보겠냐. 나는 기껏 영화 한 편 찍은 신인 배우에 불과하다고."

"이 자식, 주제 파악이 너무 정확하네… 좋아, 같이 가자. 대신 선글라스 써라."

"아이고, 그놈 참, 선글라스 쓰면 더 이상해. 까불지 말고 얼른 가기나 해."

강도영이 설레발을 치는 서현탁을 향해 코 평수를 넓혔다가 먼저 밴의 문을 열고 나섰다.

그의 말은 사실이다.

관심을 가진 사람들이라면 알아볼지 몰라도 아직까지 그의 얼굴을 알아보는 사람들은 그리 많지 않았다.

용의 칼이 500만이라는 숫자를 동원했어도 조연으로 출연한 그의 얼굴은 사람들이 단박에 알아볼 정도로 유명한 건 아니었다.

서현탁과 함께 엘리베이터를 타고 올라가자 텅 빈 영화관의 매표소가 나타났다.

저절로 인상이 찡그려졌다.

영화관에는 불과 30여 명의 사람들이 영화를 보기 위해 기다리고 있는 중이었다.

먼저 입을 연 것은 서현탁이었다.

"씨발, 이게 뭐야. 왜 사람들이 없어?"

"조조라서 그런가?"

"우와, 환장하겠네. 아무리 조조라도 그렇지 히어로가 개봉하는데 이럴 수가 있냐."

"가서 표나 끊어와. 상영 시간 얼마 안 남았다."

실망감이 들었지만 강도영은 서현탁을 향해 그런 감정을 내색하지 않았다.

영화관에 들어서자 200백 가까운 좌석을 채운 것은 불과 30여 명뿐이었다.

평일 아침, 그것도 첫 번째 상영이었으니 어쩌면 당연한 일이다.

아무리 잘 만든 영화라 해도 이런 상황에서 관객들이 가득 찬다는 건 말도 안 되는 일이었다.

드디어 영화가 시작되었고 자신의 모습이 스크린을 가득 채우기 시작했다.

가슴이 벅찼다.

수많은 노력과 고통 속에서 만들어낸 결과물이 눈으로 들어오자 자신도 모르게 감정이 복받쳐 올라왔다.

정신없이 영화에 빠져들었다.

내용은 알고 있었지만 막상 스크린을 가득 채운 영상으로 보게 되자 느낌이 달랐고 감동이 달랐다.

자신도 모르게 눈에 습기가 차올랐다.

히어로에 매달렸던 그 모든 순간이 하나씩 차례대로 떠오르며 그를 감동의 세계로 이끌었다.

영화가 끝나자 극장에 있던 관객석에서 박수 소리가 터져 나오는 게 들렸다.

관객 수는 적었지만 그들이 보여준 박수 소리가 천둥처럼 들려왔다.

기뻤다.

영화를 본 사람들에게서 진심에서 우러난 박수를 받는다는 건 배우로서 최고의 영광임이 분명하다.

그랬기에 강도영은 눈에 담겼던 눈물을 씻어내고 웃음을 지을 수 있었다.

이런 평가를 받았으니 영화가 실패한다 해도 어떠한 후회와 실망이 남지 않을 것 같았다.

*　　　　　*　　　　　*

"혹시… 강도영 씨 아니세요?"

영화가 끝나고 극장에서 나와 홀 쪽으로 걸어갈 때 대학생으로 보이는 여자가 주춤거리며 다가와 물었다.

영화를 본 후 워낙 감정에 젖어 있어 자신이 배우고 히어로의 주인공이라는 사실을 까맣게 잊어버리고 있었다.

당연히 사람들이 알아보지 못할 거라 생각했다.

영화관에 들어와 한참을 있었지만 아무도 알아보지 못했기에 사람들이 서 있는 것을 봤음에도 무심코 걸어가는 중이었다.

영화관은 아까보다 훨씬 많은 사람이 들어차 있었는데 대충 봐도 백여 명이 넘는 것 같았다.

갑작스럽게 다가온 여자의 질문에 강도영이 당황하는 표정을 지었다.

"아… 예."

"꺄악… 정말 강도영 씨 맞는 거죠?"

믿겨지지 않는 모양이었다.

그녀는 비명을 지르면서 강도영의 얼굴을 다시 한 번 뚫어지게 확인한 후 친구들을 향해 마구 손짓을 했다.

그러자 5m 떨어진 곳에서 기다리고 있던 두 명의 여학생들이 백 미터 선수들처럼 달려와 강도영의 주변을 에워쌌다.

"오빠, 방금 히어로 봤는데 정말 재미있게 봤어요."

"정말 잘생겼어요. 여기서 영화 보신 거예요?"

"오빠, 사진 한번 찍어줘요."

그녀들의 입에서 두서없이 말들이 튀어나왔다.

한꺼번에 많은 말을 했기 때문에 미처 대답할 겨를이 없을 정도였는데 마지막 말을 한 여학생은 이미 자신의 핸드폰을 꺼내 들고 있었다.

얼떨결에 그녀들과 함께 사진을 찍었다.

하지만 그걸로 모든 것이 끝난 게 아니었다.

어느새 그녀들의 행동으로 인해 꽤 많은 사람이 강도영을 알아보고 주변을 가득 메우며 다가왔기 때문이다.

*　　　　*　　　　*

"감독님, 결과가 나왔습니다."

"어떻게 됐어?"

"방금 영화사에서 개봉일 관객 수를 받았는데 31만 명이 들어왔답니다. '에이리언의 진화'가 28만 명이니까 3만 명이 더 많은 스코어입니다."

"음……."

김동혁이 유병철의 보고를 받은 후 깊은 신음 소리를 흘려냈다.

흡족한 보고가 아니란 뜻이다.

"개봉일에 할리우드 대작과 붙어서 이 정도면 괜찮은 겁니다."

"유 감독, 정말 그렇게 생각해?"

"그게……."

"천만이 넘은 영화들의 개봉일 러닝 스코어는 대부분 70에서 80만이었어. 지금까지 1위 기록을 유지하고 있는 '불의 전차'가 91만이야. 그런데 그 절반도 안 된다면 문제가 심각한 거잖아. 자칫 잘못하면 병신 되게 생겼는데 그런 말이 나와?"

"이게 다 태인 그 새끼들 때문에 그렇습니다. 그놈들이 절반을 뺏어가는 바람에 관객들이 줄어들어서 그래요. 기다려 보시죠. 그래도 에이리언을 누르고 예매율 1위를 기록하고 있으니 최소 일주일은 지켜봐야 합니다. 가끔가다 뒷심을 발휘하는 경우도 많았잖습니까."

"휴우, 그래야겠지."

"오늘부터 영화를 본 사람들의 반응이 나올 겁니다. 그 반응을 보면 금방 알 수 있어요. 저는 실망할 단계가 아니라고 생각합니다."

"나도 알아. 그리고 어느 정도 자신도 있다. 내가 히어로를 만들면서 진짜 원했던 것은 흥행에 성공하는 것이 아니라 '불의 전차'를 넘어서는 것이었어. 그래서 미친놈처럼 혼신의 힘을 다했던 거야. 그게 흔들릴까 봐 그래… 히어로를 가지고도 '불의 전차'를 못 이긴다면 더 이상 안 될 것 같아서."

김동혁이 말을 마치고 두 눈을 꾹 감아버렸다.

'불의 전차'는 그와 쌍벽을 이룬다는 신재상 감독의 빅 히트작으로 역대 러닝 스코어 1위를 달리는 명작이었다.

최종 관객 수는 1,850만을 기록했으니 우리나라 전체 인구의 삼분지 일이 봤을 정도로 5년 전 엄청난 반향을 일으킨 영화였다.

김동혁의 꿈은 단 하나, 불의 전차의 기록을 깨뜨리고 역대 최고 감독으로 등극하는 것이었다.

그런 꿈이 '에이리언의 진화'로 인해 타격받았다는 게 현실로 나타나자 그는 실망감을 감추지 못했다.

*　　　　*　　　　*

영화계 전체가 들썩이기 시작한 것은 히어로가 개봉하고 주말이 지나면서부터였다.

통상적으로 영화의 성패는 일주일 안에 결정된다.

천만을 넘기 위해서는 일주일 안에 300만을 돌파해야 가능하다는 게 영화계의 정설이었다.

히어로는 개봉 당일 31만을 기록하더니 둘째 날 33만으로 조금 늘어난 후 토요일인 셋째 날 38만, 일요일인 넷째 날에는 36만을 기록했다.

숫자로 본다면 절대 천만을 넘지 못하는 스코어였다.

관객들이 가장 많이 들어오는 주말이 끼었음에도 이 정도의 성적을 보였다면 관객 수가 급격히 떨어지는 월, 화, 수 삼일 동안의 성적은 훨씬 떨어질 게 분명했다.

예상대로 가장 큰 걸림돌은 '에이리언의 진화' 때문이었다.

에이리언의 진화는 히어로에 미치지 못했지만 4일 만에 120만을 동원하며 괜찮은 성적을 올리고 있었다.

그러나 히어로가 본격적으로 폭풍 같은 질주를 시작한 것은 월요일부터였다.

전혀 예상하지 못했던 성적이 가장 관객 수가 적다는 월요일에 터져 나왔던 것이다.

월요일에 히어로의 스코어는 무려 47만으로 토요일보다 9만이 더 많았는데 전혀 예상하지 못했던 숫자였다.

관계자들은 히어로의 반격에 놀라움을 감추지 못하고 원인을 파악하기 위해 분주히 움직였으나 더 놀라운 일은 화요일부터 벌어졌다.

화요일에 집계된 스코어는 56만이었고 수요일엔 58만으로 늘어나더니 토요일엔 무려 81만이 들어찼던 것이다.

에이리언의 진화와 나눠 가졌던 예매율도 압도적으로 바뀌었다.

히어로의 예매율은 개봉한 지 10일이 지났어도 71%를 기록하고 있었다. 개봉 후 지금까지의 러닝 스코어는 무려 500만을 훌쩍 넘어섰는데 불과 9일 만에 기록한 숫자였다.

〈히어로, 신화를 써 내려가다!〉

〈거침없는 질주. 히어로, 과연 어디까지 갈 것인가!〉

〈입소문을 타고 뒤늦게 출발. 히어로, 불의 전차에 도전하다.〉

각 신문의 일면에 히어로에 관한 기사가 봇물 터지듯 쏟아졌다.

더불어 인터넷의 반응도 난리가 아니었다. 대부분의 관람평은 극찬 일색이었고 평점도 수만 명이 참여했음에도 9.1을 기록하는 중이었다.

평점 9.1은 지금까지 천만이 넘은 영화 중에서 한 번도 기록하지 못한 꿈의 숫자였다.

　—눈물이 날 정도로 재밌었어요. 히어로, 내 가슴속의 영웅들.

　—역시 김동혁, 역시 유혁. 그리고 내 사랑 강도영.

　—이런 영화를 만들다니, 정말 최곱니다. 영화에 대해서 개안이된 느낌입니다.

　—아, 씨발. 야쿠자 이 개새끼들. 다 죽여 버렸어야 되는데… 안타깝다. 강도영, 너 정말 멋있어.

　—연기 짱, 액션 죽여주고.

영화를 본 사람들의 댓글은 대체적으로 호의적이었지만 모든 사람이 영화를 본 후 좋아했던 것은 아니다.

그중에는 국뽕을 너무 처먹은 영화라는 비판과 일본과의 관계를 고려했을 때 상영이 바람직하지 못하다는 의견도 있었다.

그런 평가들은 본 네티즌들의 반응은 싸늘했다.

　—야, 이 씨?? 나라를 위해 싸운 것도 국뽕이냐. 초등학교도 못나온 놈이 주둥이를 나불거리고 있어. 확 죽여 버릴라.

　—일본이 그렇게 좋으면 거기 가서 살아, 이 자식아. 여기서 지

랄하지 말고.

―도대체 국뽕이 뭐냐. 그거 먹는 거냐?

―그럼 마약 팔아먹은 놈들에게 상이라도 주랴. 좆도 모르는 새
끼들이 뻑하면 국뽕이래.

―일본이 그렇게 무섭냐. 무서워 죽겠어?

연이은 매진 행렬.

히어로의 좌석 점유율은 끝이 없을 정도의 고공 행진을 거
듭했는데 영화관을 찾는 사람들은 대부분 예매를 하고 온 사
람들이었다.

현장에서의 티켓팅이 불가능했기 때문이다.

히어로가 영화계를 강타하며 흥행 가도를 달리면서 언론은
연일 김동혁과 주연배우들을 조명하기 시작했다.

그중에서 강도영의 존재는 핫 이슈로 자리매김하기에 충분
하고도 남았다.

관객들의 대부분이 히어로의 주인공으로 유혁을 꼽은 게
아니라 강도영을 꼽았기 때문이다.

정신없는 일정의 연속.

강도영은 히어로가 800만을 넘어 천만을 향해 무섭게 전진
하면서 연예계 기자들의 등쌀에 몸살을 앓았다.

각종 신문 기자는 물론이고 주간지와 텔레비전의 리포터들

까지 강도영을 만나기 위해 안달을 부렸기 때문에 잠잘 시간이 부족할 정도로 인터뷰를 해야 했다.

*　　　　*　　　　*

"도영아, 힘들지?"

"실장님, 어쩐 일이세요."

"미안하지만 내일 TCN에 나가야겠다."

"방송국에요?"

"그래, 거기서 하는 '연예가 중계'에서 너를 출연시켜 달라고 요청이 왔어. 그래서 내일 인터뷰들은 전부 미뤄놨다. 워낙 파워가 막강해서 거기는 반드시 나가야 돼. 다른 데 10번 인터뷰하는 것보다 백배는 낫거든."

"몇 시까지 가야되는데요?"

"오후 2시다. 다른 건 현탁이한테 자세하게 말해놨으니까 넌 그냥 가기만 하면 돼. 조금 있다 현탁이가 질문하고 답변할 내용 가져갈 거다."

"알겠습니다."

"지금까지는 네 인지도를 높이려고 최대한 언론에 노출시켰지만 내일부터 조절에 들어갈 거야. 이제부터는 텔레비전 위주로 갈 생각이니까 그렇게 알아."

"그런 건 알아서 해주세요."

"그리고 광고가 물밀듯 들어오고 있어, 그런데 사장님이 전부 키핑하고 계시는 중이야."

"왜요?"

"적정한 네 가치를 받아내야 되니까 시기를 조절하는 거지. 사장님은 지금 들어오는 가격으로는 출연시키지 않겠다는 생각이야. 사장님이 그런 건 전문이니까 믿고 맡겨놔도 될 거다."

"알았습니다."

강도영은 두말하지 않았다.

히어로에 출연하면서 받은 2억 중에 자신의 몫으로 돌아온 1억 5천만 원으로 집을 사면서 진 빚을 완전히 청산했기 때문에 통장 잔고는 거의 비어 있는 상태였지만 그는 윤철욱의 말에 단 한마디의 토도 달지 않았다.

그가 말하는 것이 무슨 의민지 정확하게 알기 때문이었다.

지금 강도영의 몸값은 하루가 다르게 천정부지로 뛰어오르는 중이었다.

히어로가 흥행에 성공하면서 2,500명에 불과했던 팬클럽 회원수가 무려 3만을 육박했고 배우 파워 랭킹도 10위에 오르는 기염을 토해냈다.

인기 댄스 아이돌 그룹의 팬클럽 회원수가 30만 명을 훌쩍 넘는 것에 비교하면 적은 숫자였지만 현재 여자들의 워너비로

꼽히는 인기 배우 정빈의 팬클럽 회원수가 8만 명인 것을 감안한다면 절대 적지 않은 숫자였다.

댄스 아이돌과 배우는 근본적으로 단순 비교가 불가능하다.

댄스 아이돌들은 여고생들이 주축이 되어 광팬을 형성하지만 배우들은 진정으로 사랑하는 사람들만 참여하기 때문이었다.

그런 면에서 강도영은 단시간에 엄청난 팬들을 보유했으니 히어로의 영향력이 얼마나 컸는지 충분히 알 수 있었다.

그것은 파워 랭킹도 마찬가지다.

데뷔한 지 3년밖에 되지 않았고 불과 한 개의 광고와 두개의 영화를 찍었을 뿐인데 순위에도 올라 있지 않았던 강도영이 보름 만에 파워 랭킹 10위에 올랐다는 건 팬들의 사랑 증폭도가 급격하게 치솟고 있다는 걸 보란 듯이 증명하는 것이었다.

*   *   *

TCN의 연예계 중계는 벌써 18년이나 계속되고 있는 장수 프로그램으로서 수많은 고정 시청자를 보유한 인기 프로그램이었다.

일주일 동안 벌어진 연예계의 핫 이슈를 소개하면서 대화 형식으로 프로그램을 진행하는데 녹화를 할 때마다 핫 이슈의 중심에 서 있는 연예인들을 출연시켰다.

강도영은 서현탁과 서은경을 대동하고 방송국에 들어섰다.

인기를 얻고 얼굴이 알려진다는 건 정말 무서운 일이다.

용의 칼이 끝나고 방송에 첫 출연했을 때는 신분증까지 검사를 받았지만 이번에는 연예가 중계 FD가 직접 마중 나왔기 때문에 무사통과할 수 있었다.

그것뿐이 아니다.

방송국에 근무하는 사람들이라면 수많은 연예인을 봤을 텐데도 강도영이 홀을 지나 엘리베이터로 걸어가자 지나가던 직원들이 전부 걸음을 멈추었다.

영화관에서 그런 일을 겪은 후 거의 변장에 가까운 차림으로 외출을 했지만 방송국에 오면서는 그럴 수가 없어 맨 얼굴로 나타났는데 여기서까지 이런 일이 벌어질지는 정말 몰랐다.

재미있는 일이 벌어진 건 방송국에서 마련해 준 대기실에서 서은경이 마지막으로 얼굴을 손봐주고 있을 때였다.

똑똑…….

노크 소리가 들리는 걸 확인한 서현탁이 문을 열자 전혀 의외의 인물이 나타났다.

바로 연예가 중계의 메인 MC를 맡고 있는 신현호였다.

그는 데뷔 25년의 경력을 가진 배우로서 49살이었는데 몇 년 전부터 배우보다 MC 쪽에서 왕성한 활동을 하고 있는 사람이었다.

"들어가도 됩니까?"

그의 모습을 확인하는 순간 자동적으로 몸을 일으켰다.

그런 후 90도로 허리를 숙여 정중하게 인사를 했다. MC 이전에 배우로서 대선배에 대한 예의를 깍듯이 갖출 필요가 있었다.

"허허… 실물로 보니까 정말 잘생겼구만. 내가 말 놓는 것 불편해요?"

"아닙니다, 선배님."

"그래, 그래야지. 원래 배우들은 후배들한테 말 놓고 지내는 거야. 뭐, 다 그런 건 아니지만 나는 버릇이 들어서 그게 편하니까 이해해 줘."

"저는 아무렇지 않으니까 편하게 말씀하세요."

"부탁이 있어서 왔는데 괜찮을까?"

"말씀하십시오. 제가 해드릴 수 있는 거라면 뭐든 해드리겠습니다."

"껄껄걸… 이 친구 화끈하구먼. 사실 나한테 이제 막 대학교 들어간 딸내미가 하나 있어. 그런데 얘가 오늘 도영 씨 나온다니까 방방 뜨더구먼. 사인하고 사진 하나 찍어오라던데 어때, 해줄 수 있나?"

"당연히 해드려야죠."

"내가 다른 사람은 다 이기는데 딸내미는 못 이겨. 그러니까 너무 흉보지 마."

＊　　　＊　　　＊

신현호는 정말 노련한 사람이었다.

대기실에서 사인을 해주고 같이 사진을 찍은 게 30분 전인데 스튜디오로 들어서자 처음 본 사람처럼 인사를 해와 놀라게 만들었다.

스튜디오는 무려 10명의 사람이 앉아 있었다.

그중에 7명은 여자였고 자신이 앉아야 할 곳에 있는 5명의 여자들은 20대 중반으로 보이는 늘씬한 미녀들이었다.

어디서 본 것 같은데 잘 기억이 나지 않아 인사를 하는 그녀들에게 마주 고개를 숙여준 후 자신의 자리에 앉았다.

하지만 그녀들은 강도영을 잘 알고 있는 기색이었다.

서로의 눈을 바라보며 뭔가 신호를 주고받았는데 그 신호가 자신 때문이란 게 느껴졌다.

그녀들이 현재 인기 정상을 달리고 있는 걸 그룹 '하얀노을'의 멤버들이란 것은 방송이 시작된 후 뒤늦게 알았다.

군통령이라고 불리는 그녀들은 청소년은 물론이고 젊은 회사원들에게까지 엄청난 인기를 얻었기 때문에 가요 프로그램은 물론이고 각종 연예 프로그램에도 단골로 등장할 정도였다.

그럼에도 강도영이 보자마자 그녀들을 알아보지 못한 것은 방송에 출연한다는 긴장감과 의외의 만남에서 얻어진 기억력 상실 때문이었다.

'하얀노을'을 초대한 게 그녀들의 노래 '컴온 마이러브'가 현재 K팝 차트 1위를 달렸기 때문이라는 것도 뒤늦게 알았다.

윤철욱은 워낙 급하게 출연이 결정되었기 때문에 출연하는 사람이 누군지 미처 파악하지 못했던 모양이었다.

* * *

"9월 둘째 주의 연예계 중계, 지금부터 시작합니다. 시청자 여러분, 어느덧 더위가 완전히 물러나고 본격적인 가을이 시작되었습니다. 오늘은 그 가을을 타고 남자들의 마음을 한껏 휘젓고 있는 여신들 '하얀노을'과 반대로 히어로에서 무차별적인 카리스마를 뿜어내며 여심을 저격한 배우 강도영 씨를 스튜디오에 모셨습니다."

신현호의 오프닝 멘트가 시작되자 옆에 있는 공동 MC 소연정이 말을 받았다.

그녀는 인기 탤런트로서 연속극 '그대 안의 블루'의 주인공을 맡았는데 연기 경력은 많았지만 강도영보다 한 살이 적은 27살이었다.

"그렇습니다. '하얀노을'의 신곡 '컴온 마이러브'의 열기가 뜨겁게 K팝 차트를 달구고 있는 중인데요. 벌써 2주째 1위를 놓치지 않으며 많은 팬의 사랑을 받고 있네요. 강도영 씨가 출연한 히어로는 개봉 15일 만에 러닝 스코어 800만을 돌파하면서 올해 최고 흥행작으로 등극하고 있습니다. 그런 면에서 봤을 때 오늘 연예가 중계는 현재 가장 큰 화제를 뿌리고 있는 분들을 모신 거죠?"

정해진 멘트다.

그리고 잘 짜인 각본에 의해 시청자들의 이목을 잡아끄는 소개였다.

신현호가 소연정의 멘트가 끝나자 곧바로 왼쪽에 앉아 있던 개그맨 리포터 이충호를 향해 질문을 던졌다.

"연정 씨의 말대로 오늘은 정말 모시기 어려운 분들을 모셨습니다. 먼저 이충호 리포터, '하얀노을'의 신곡이 이렇게 각광받고 있는 이유는 뭐죠?"

"잠시 화면을 보고 말씀드리겠습니다."

정해진 순서에 의해 '하얀노을'의 모습이 화면에 나타나며 몽환적인 춤과 노래가 흘러나왔다.

강도영도 텔레비전과 라디오, 커피숍 등에서 들은 노래였다.

걸 그룹답게 경쾌하면서도 사랑하는 남자에 대한 그리움이 담겨져 어딘지 모르게 슬픈 노래였다.

"보신 것처럼 '하얀노을'의 신곡 '컴온 마이러브'는 발라드 락 계열입니다. 사랑해 본 사람이라면 충분히 공감할 수 있는 가사와 설렘과 슬픔이 공존하는 리듬이 절묘하게 조합되면서 현재 많은 인기를 얻고 있습니다. 더불어 보시고 있는 것처럼 너무나 아름다운 멤버들의 환상적인 춤이 가미되면서 차트를 완전히 석권한 것입니다."

"그렇군요. 한수진 씨?"

"예."

"신곡 준비하는 데 얼마나 걸렸죠?"

"6개월 준비했어요. 멤버들과 합숙하면서 엄청 고생했는데 좋은 결과가 나와서 너무 기뻐요."

한수진이 방글거리는 얼굴로 대답했다.

신현호가 첫 질문을 한수진에게 한 것은 그녀가 '하얀노을' 의 리더였기 때문이다.

그때부터 신현호는 '하얀노을'의 멤버들을 향해 질문을 던지기 시작했다.

노래와 관련된 것부터 연습할 때의 일화, 방송에서의 에피소드, 심지어 멤버들의 버릇 등 각종 신변잡기에 관한 것들이 모두 나왔다.

하얀노을 멤버들에게 이것저것 질문하던 신현호가 갑자기 강도영을 향해 질문을 던진 것은 자신의 차례를 기다리며 답변 내용을 정리하고 있을 때였다.

"강도영 씨는 하얀노을 멤버들을 만난 적 있나요?"

"아뇨… 없습니다."

"혹시 하얀노을의 신곡을 들어봤습니까?"

"예, 제가 좋아하는 노랩니다. 경쾌함 속에 담긴 아름다운 사랑 이야기가 무척 인상적인 노래라서 가끔가다 흥얼거릴 정도로 좋아합니다."

"그렇군요. 그럼 이 시점에서 우리 '하얀노을'의 노래를 한번 들어보는 게 어떨까요?"

"좋아요."

소연정을 비롯해서 4명의 리포터들이 동시에 환호성을 질렀다.

이것 또한 짜인 각본에 따라 움직이는 것이다.

현란한 조명이 있는 게 아니었음에도 그녀들의 몽환적인 춤은 사람의 넋을 빼놓을 정도로 충분히 아름다웠다.

더군다나 라이브로 노래까지 했는데 걸 그룹이란 선입감이 무색해질 정도로 멤버들의 노래 솜씨가 뛰어나서 강도영은 자신이 방송국에 있다는 것까지 잊을 정도로 집중해서 감상하고 말았다.

'하얀노을'의 노래가 끝나고 그녀들이 자리로 돌아갔을 때 신현호의 넉살이 터져 나왔다.

"우와, 정말 직접 보니까 너무 아름다운데요. 마치 천사들이 너울거리며 날아다니는 것 같았어요. 군통령이라는 별명이 그냥 생긴 게 아니네요."

"하하하… 하얀노을이 한번 뜨면 부대 전체가 난리가 난다고 합니다. 남자들에게는 절대적인 인기를 얻고 있는 그룹이죠."

이충호가 말을 받으며 사이드에서 도와주자 신현호의 눈이 강도영으로 향했다.

"하얀노을의 인기는 군인들뿐만이 아니에요. 내가 보니까 강도영 씨도 넋을 잃고 보던데, 어떤가요. 정말 예쁘죠?"

"아… 예."

"누가 가장 예쁘던가요?"

도대체 모르겠다.

왜 MC들은 정해진 순서에 따라 프로그램을 진행하지 않는 걸까.

갑작스러운 그의 질문에 당황스러움이 몰려왔다.

영화에 대한 것이라면 어떤 식으로든 대답할 수 있었을 텐데 신현호의 질문은 그런 성격에서 완전히 벗어난 것이었다.

강도영이 멈칫하는 동안 잠시 스튜디오에 정적이 흘렀다.

MC를 보고 있던 소연정은 물론이고 당사자인 '하얀노을' 멤버들이 전부 강도영을 주시하며 대답이 나오기를 기다리고 있었다.

이게 뭐라고 긴장하는 표정을 짓는단 말인가.

"하얀노을 멤버들은 전부 우열을 가리기 힘들 정도로 아름다워서 한 분을 고르기가 힘드네요. 사회자께서 말씀하신 것처럼 전부 매력적입니다."

"하아, 욕심도 많네요. 전부 예쁘면 어떡하나요. 거참, 걱정이네."

이 양반이.

기껏 사인해 주고 사진까지 같이 찍어줬는데 갈수록 태산이다.

대답 대신 겸연쩍은 웃음으로 버티자 신현호의 멘트가 다른 쪽으로 넘어갔다.

"그럼 이번에는 요즘 장안의 화제가 되고 있는 히어로의 주인공 강도영 씨에 대해 집중적으로 알아보는 시간을 가져보겠습니다. 김민아 리포터, 히어로가 지금 천만 관객을 향해 질주하고 있습니다. 히어로의 성공 배경에 대해서 말씀해 주시죠."

전문 리포터 김민아가 자신의 앞에 있던 자료들을 앞으로 모으며 신현호의 질문에 대답하기 시작했다.

그녀는 영화 전문 리포터로 연예가 중계의 터줏대감이기도 했다.

"히어로가 당초 개봉한다고 했을 때 많은 관계자가 걱정을 했는데 할리우드의 SF대작 에이리언의 진화와 개봉일이 같았기 때문이죠. 실제로 개봉 당일부터 며칠 동안은 두 작품이 관객 수를 양분하면서 흥행에 적신호가 들어왔어요. 하지만 영화를 본 관객들이 입소문을 내면서 히어로의 질주가 뒤늦게 시작되었는데 여기에는 충분한 이유가 있었습니다. 먼저 잠깐 영상을 보시고 나머지 이야기를 하는 게 좋겠네요."

그녀가 말을 끊자 화면에서 히어로의 주요 장면들이 나오기 시작했다.

불과 1분짜리였지만 몇몇 장면과 액션 신이 편집되어 상영되었기 때문에 예고편과 완전히 다른 영상이었다.

강도영이 출연하기 때문이었는지 액션 신은 모두 그가 찍은 것들이었다.

"보신 것처럼 히어로는 국가를 위해 싸우는 형사들의 이야기예요. 이 영화가 흥행 질주를 하게 된 이유는 탄탄한 스토리와 더불어 배우들의 눈부신 연기력이 함께했기 때문이라는 게 대부분 평론가들의 이야깁니다. 특히 많은 평론가들과 관객들은 저기 계신 강도영 씨의 연기에 극찬을 보내고 있는데 제가 듣기로는 모든 액션 신을 직접 찍었다고 하더군요."

"우와, 화면으로만 봐도 살벌한 싸움인데 그걸 전부 직접 찍었단 말이네요. 강도영 씨 사실입니까?"

"아, 그렇습니다. 제가……."

이건 정해진 질문이었기에 그동안 훈련했던 것에 대해서 사실적으로 대답했다.

역시 비슷한 반응.

전부 놀라는 표정을 지었지만 그들이 정말로 믿었는지는 알 수가 없다.

캐스팅에 관한 질문이 이어졌고 뒤이어 물에 빠져 감기에 걸린 것과 부상으로 보름 동안 꼼짝하지 못하고 누워 있던 내용이 따랐다.

그런데 여기서도 잘나가다가 갑작스러운 질문이 떨어지기 시작했다.

이번엔 신현호가 아니라 소연정으로부터 시작되었는데 그녀는 녹화 내내 힐끔거리며 강도영을 바라보고 있었다.

"강도영 씨는 키가 얼마나 되세요?"

"185㎝입니다."

"혹시 몸무게를 물어봐도 될까요?"

"75㎏이에요."

"와아, 정말 이기적인 몸매네요. 나이가 28살 맞으시죠?"

"그렇습니다."

"지금 강도영 씨의 인기가 하늘을 찌르고 있어서 드리는 질문인데 솔직하게 대답해 주세요. 제가 알기로 강도영 씨는 여자 친구가 없다고 들었어요. 지금까지 한 번도 여자를 사귄 적이 없다던데 정말인가요?"

"어떻게 하다 보니까 그렇게 되었네요."

"28살이면 적은 나이가 아닌데 정말 이해가 안 돼요. 혹시 이상형을 만나지 못해서 그런 건 아닌가요?"

점점 힘든 질문이 나온다.

다행스러운 것은 현재 여자 친구가 있느냐는 질문을 하지 않았다는 점이었다.

소연정은 자신이 이전에 인터뷰한 자료를 가지고 있었던지 신은서에 관한 질문을 하지 않았다.

"이상형은 말 그대로 이상형일 뿐이죠. 사람의 인연은 자신의 의지대로 되는 것이 아니니까 언젠가 저도 괜찮은 사람과 아름다운 사랑을 하게 될 거란 기대를 하고 있습니다."

"그렇게 두리뭉실하게 넘어가지 마시고요. 여기엔 7명의 아름다운 여자들이 있으니까 한번 골라보세요. 누가 강도영 씨의 이상형에 가깝나요?"

소연정이 더 이상 질문이 어려운 듯 입을 다물자 신현호가 대신 나섰다.

그는 이왕 일이 벌어진 이상 확실하게 시청자들을 위해 총대를 맬 모양이었다.

또다시 찾아온 작은 정적.

강도영이 스튜디오로 들어왔을 때처럼 그리고 하얀노을 멤버 중 누가 가장 예쁘냐고 물었을 때처럼 스튜디오가 잠시 동안 숨을 죽였다.

특히 여자들이 긴장하는 게 몸으로 느껴졌다.

'하얀노을'의 멤버들은 물론이고 소연정과 심지어 리포터인 김민아까지 강도영의 대답을 기다리며 마른침을 삼키는 게 보였다.

어이없는 일이었지만 강도영은 천천히 여자들에게 눈을 돌렸다.

그리고 하나씩 여자들의 얼굴을 확인한 후 시선을 신현호 쪽으로 향했다.

누군가를 아프게 하는 것이 아니라면 이런 건 얼마든지 해줄 수 있다.

"음… 전부 아름다우시기 때문에 힘들지만 아무래도 저는 전소연 씨가 저의 이상형에 가까운 것 같습니다."

"하하하, 전소연 씨가 당첨되었군요. 축하합니다, 전소연 씨. 일어나서 강도영 씨와 악수 한번 하시죠."

갈수록 태산이라더니 이런 상황이 꼭 그 짝이다.

신현호의 충돌질에 가운데 앉아 있었던 전소연이 어쩔 줄 모르다가 자리에서 일어나는 게 보였다.

그녀는 하얀노을의 막내였는데 신은서와 분위기가 비슷한 여자였다.

주춤거리며 일어서는 전소연을 향해 빙긋 웃음을 지은 강도영이 자리에서 일어나 다가갔다.

어차피 할 거라면 여자에게 시키는 것보다 남자인 자신이 움직이는 게 훨씬 보기 좋을 거란 판단이었다.

전소연의 손도 신은서처럼 부드러운 물체를 만지는 느낌이 들었다.

연예인들은 엄마의 손과는 비교되지 않을 정도로 아름다운 손을 가지고 있었다.

강도영이 손을 잡자 쑥스럽게 손을 내밀었던 전소연의 얼굴이 단박에 빨갛게 물들었다.

나머지 하얀노을의 멤버들이 환호성을 질렀고 신현호를 비롯해서 남자들은 웃음으로 이 상황을 즐겼다.

"이왕이면 이상형과 포옹 한번 해요!"

개그맨인 이충호가 한술 더 뜨며 상황을 악화시켰다.

정말 미치고 환장할 노릇이었으나 강도영은 주저하지 않고 가볍게 전소연을 안았다가 놓아주었다.

하지만 이것으로 모든 게 끝난 것이 아니었다.

자리가 정리되고 강도영이 다시 자리에 앉자 신현호가 더욱 괴로운 요청을 해왔던 것이다.

"하얀노을도 노래를 했는데 강도영 씨도 한 곡 하셔야죠. 연예가 중계의 팬들이 강도영 씨의 노래를 듣고 싶어 할 것 같은데 여러분, 어떠세요?"

"좋아요!"

남자들보다 여자들이 더 난리였다.

전소연과의 포옹으로 인해 격앙되었던 하얀노을 멤버들의 열화와 같은 성화와 소연정의 박수가 합쳐졌고 카메라 쪽에 있던 작가들까지 자리에서 벌떡 일어났다.

강도영은 얼굴에서 그동안 머금고 있던 웃음을 지울 수밖에 없었다.

다른 건 다 할 수 있었으나 그것만은 안 된다.

비록 목 상태가 다시 정상으로 돌아왔지만 이병웅은 당분간 가급적 목을 쓰면 안 된다고 신신당부했기 때문이다.

"죄송합니다. 저는 노래를 할 수 없습니다."

"그런 게 어디 있어요. 우리도 노래했으니까 도영 씨 노래도 들려줘요."

"맞아요. 못해도 좋으니까 불러봐요. 이건 MC 직권으로 부탁하는 거니까 시청자들을 위해서 꼭 해주세요!"

하얀노을의 리더 한수진이 먼저 요청을 했고 뒤이어 소연정이 나서며 강도영을 압박했다.

무언가를 진정으로 원하는 사람들의 표정은 간절하게 바뀐다.

바로 그녀들의 얼굴처럼 말이다.

제30장
기회는 운명처럼

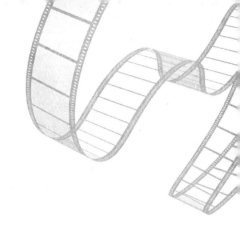

　모든 사람이 기대에 찬 눈빛으로 강도영을 봤으나 이번에는
표정을 바꾸지 않았다.

　이곳이 텔레비전 방송이었고 그것도 연예인들이 가장 선호
한다는 '연예가 중계'였지만 할 수 없는 걸 할 생각은 추호도
없었다.

　자신을 알리기 위해 나온 것은 맞았다.

　아직 신인이라 더 많은 사람에게 얼굴을 알리고 스타로 발
돋움하고 싶었다.

　그러나 원치 않은 일을 하고 싶지는 않았다.

"저는 한 달 전에 병원에 입원했었습니다. 목에 용종이 생겨서 수술을 했는데 아직도 상당 부분의 용종이 남아 있다고 해요. 의사 선생님께서 노래나 고함을 지르면 목에 있는 용종이 악화된다고 해서 노래를 할 수 없습니다. 그러니 넓은 마음으로 이해해 주세요."

강도영이 정중하게 고개를 숙여 자신이 노래를 할 수 없는 이유에 대해서 말했다.

그러자 가득 기대를 하고 있던 사람들의 표정이 서서히 변했다.

맨 먼저 입을 연 것은 소연정이었다.

그녀는 자신으로 인해 강도영이 당황스러운 상황에 빠졌던 게 너무나 미안한 모양이었다.

"아, 그런 이유가 있다면 당연히 해선 안 되죠. 미안해요. 알지도 못하면서 노래하라고 했던 거 사과드릴게요."

"아닙니다. 괜찮습니다."

"우린 강도영 씨가 목이 아파서 수술까지 받은 줄 몰랐습니다. 시청자 여러분께 드리려던 선물은 안 될 것 같네요. 이해해 주실 거죠?"

신현호가 노련하게 사태를 수습하면서 너털웃음을 흘렸다.

역시 늑대다.

자칫 어색해질 수 있는 분위기를 단숨에 돌려 버린 그의 진행 능력은 왜 그가 연예가 중계를 그리 오래 진행하고 있는지 충분히 알려주고 있었다.

$$* \qquad * \qquad *$$

"어이, 씨발. 하마터면 큰일 날 뻔했네. 아니, 무슨 프로그램이 갑자기 노랠 하라고 난리냐고!"

"그러게 말이야. 윤 실장은 방송국 쪽에 도영이 아프다는 말을 하지 않았던가 봐. 도대체 일을 어떻게 하는 건지 따져봐야겠어. 일은 똑바로 해야지. 안 그러니?"

서현탁이 먼저 거품을 물었고 뒤이어 서은경이 신경질을 내면서 방방 떴다.

그녀는 자기가 마치 매니저인 양 서현탁보다 더 화를 내고 있었다.

두 사람은 강도영이 노래를 부를까 봐 조마조마한 심정으로 스튜디오 밖에서 지켜보고 있었던 것 같았다.

그런 두 사람을 향해 강도영이 빙그레 미소를 지으며 달래 줬다.

"배고프지, 우리 밥 먹으러 가자. 오늘은 오랜만에 텔레비전에도 출연했으니까 내가 쏜다. 누나, 뭐 먹고 싶어?"

"음… 오랜만에 우리 해물탕 먹으러 가자. 여기서 10분만 가면 죽여주는 해물탕집 있어. 거기서 소주 한잔 어때?"

"안 돼!"

강도영 대신에 서현탁이 단박에 서은경의 제안을 막았다.

서현탁은 마치 서은경이 큰일이라도 벌인 것처럼 두 손을 마구 내젓고 있었다.

그 모습에 서은경이 입술이 툭 튀어나왔다.

"뭐냐, 넌. 왜 안 되는데?"

"누나, 해물탕집 난장판 만들 일 있어? 애가 거기 가면 밥도 못 먹어. 변장하고 다녀도 귀신같이 알아보고 덤비는데 식당엘 어떻게 가냐."

"현탁이가 갈수록 날 물로 보네. 이 녀석아, 누나가 연예계 생활만 15년이다. 그런 것도 생각하지 못하고 가자고 했을까 봐?"

"그럼?"

"그 해물탕집 내 단골이야. 내가 맡았던 스타들이 전부 갔던 곳이라고. 거긴 홀에서 먹는 게 아니라 전부 룸에서 먹으니까 괜찮아."

"호오, 해물탕집이 그런 데가 있었어?"

"도영아, 일단 옷부터 갈아입어. 밥 먹으러 가면서 이렇게 입고 있으면 불편해서 죽겠다."

강도영이 오늘 입은 옷은 검정색 정장에 푸른색 와이셔츠를 받쳐 입었다.

심플하고도 단정해서 그의 외모를 최대한 빛나게 만들려고 서은경이 고심 끝에 고른 의상이었다.

그녀의 의도는 정확하게 들어맞아 스튜디오에 있던 여자들의 눈을 떼지 못하도록 만들었다.

분명 나중에 집에서 텔레비전을 보게 될 시청자들도 히어로에서 보여주었던 무지막지한 카리스마 대신 강도영의 외모에서 도시적인 매력을 충분히 느끼게 될 것이다.

서은경이 강도영을 이끌고 대기실로 들어갔다.

그녀는 벌써 갈아입을 옷을 가져와 강도영이 갈아입을 수 있도록 책상 위에 가지런히 놓아두었다.

"안 나가?"

"부끄러워? 나이도 어린 것이 꼭 옷 갈아입을 때마다 나가라고 하네."

"누나 안 나가면 정말 그냥 옷 갈아입는다? 홀딱 벗고."

"그러니까 진짜 보고 싶어지잖아."

"나, 농담 아니야. 지금 벗는다!"

"호호호… 그걸 협박이라고 하니. 치사해서 간다, 가."

서은경이 웃음을 흘리며 나가는 것을 확인한 강도영이 편한 복장으로 갈아입었다.

청바지에 스웨터 차림이었는데 뛰어다녀도 좋을 만큼 편했다.

'페이스' 쪽에서는 수시로 강도영의 옷을 조달해 주었다. 물론 자신이 산 것도 있었지만 공식 행사에 나가는 것은 거의 모두 서은경을 통해 살 수 있도록 조치했기 때문에 옷에 대한 어려움은 전혀 느끼지 않을 정도였다.

이것도 투자다.

강도영이란 미완의 스타를 향해 이승환은 전폭적인 지원을 아끼지 않고 있었다.

핸드폰이 울린 것은 그가 옷을 모두 갈아입고 나가려 할 때였다.

전화의 주인공은 신은서였다.

─녹화 다 끝났어요?

"응, 끝났어요. 은서 씨는 어디예요?"

─나는 촬영 다 끝나고 집에 들어가는 중이에요.

"그럼 우리 데이트 할래요?"

─지금?

"현탁이랑 은경이 누나하고 해물탕 먹을 건데 이쪽으로 와요."

─어딘데요?

"영등포 쪽이래요. 은경이 누나한테 가게 주소 알려주라고 할게요."

─알았어요.

통화를 끝내고 밖으로 나와 방송국을 벗어나 영등포로 향했다.

신은서가 해물탕집으로 들어온 것은 그들이 도착하고 20분 정도 지났을 때였다.

서둘러서 온 걸까.

그녀는 룸으로 들어오고도 한참 동안 숨을 헐떡거렸다.

"뛰어왔어요?"

"예, 저기 길목부터 뛰어왔어요."

"천천히 오지 왜 그랬어요?"

"헤헤… 도영 씨 보고 싶어서."

그녀가 배시시 웃으며 이야기하자 서현탁이 갑자기 자신의 온몸을 문질렀다.

"아이고, 닭살 돋아. 정말 너무하는 거 아닙니까?"

"은서 씨, 너무 그러지 마라. 너 자꾸 그러면 이 노처녀 한강 다리에 올라간다."

"우린 이제 사귄 지 한 달째라구요. 원래 한 달째는 10분만 안 봐도 보고 싶고 그런 거잖아요."

"됐네, 됐어. 보고 싶은 도영이 실컷 보세요. 현탁아, 우리 밥 빨리 먹고 사라져 줘야겠다. 이거 눈치 보여서 살겠니."

"두 사람만 남겨놓고 사라지자고요? 그러다가 무슨 짓 하면 어떻게 해요."

"에라이, 밥통아. 무슨 짓 하라고 남겨놓는 거잖아. 한 달째 라는 말 못 들었어!"

"몰라. 무조건 안 돼. 무슨 짓 하려면 매니저인 나한테 허락받아야 돼. 그렇지, 강도영?"

"어이구, 이놈아."

서현탁이 두 눈을 부릅뜨는 걸 보면서 강도영이 불쑥 술잔을 내밀었다.

술로써 놈의 입을 막기 위함이 분명했다.

신은서가 오기 전부터 해물탕은 끓고 있었기 때문에 술잔이 금방 돌기 시작했다.

"도영 씨, 녹화하면서 힘들었겠다. 누가 나왔어요?"

"하얀노을이라는 걸 그룹이 나왔어요."

"아, 그 유명한 애들. 걔들 요즘 한참 인기 상종가던데 음원 차트 1위 한다더니 나온 모양이네요."

"맞아요. MC가 그렇게 얘기하더라고요."

"걔들 방송에서 보니까 예쁘던데 실제로 보니까 어땠어요?"

신은서가 질문하는 걸 보면서 순식간에 표정이 굳어진 서현탁이 강도영을 향해 마구 눈짓을 보냈다.

하지만 강도영은 미처 그의 신호를 보지 못하고 곧장 대답을 했다.

"정말 예뻤어요. 스튜디오에서 노래까지 했는데 엄청 날씬

하고 예뻐서 선녀들을 보는 것 같았다니까요."

"흥, 그랬군요."

신은서의 반응을 보면서 서현탁이 얼굴이 노래졌다.

이제 큰일 났다.

강도영, 이 바보 같은 놈. 그렇게 눈짓을 했는데도 못 알아채고 최악의 대답을 하다니 미치고 펄쩍 뛸 노릇이다.

여기서 더 진행되었다가는 아마 강도영은 뼈도 못 추릴지도 모른다.

서현탁이 지체 없이 두 사람의 대화에 끼어든 것은 신은서가 강도영을 향해 눈을 흘길 때였다.

"은서 씨, 오늘은 무슨 촬영했어요? 광고 촬영이 드라마보다 어렵죠?"

"현탁 씨, 가만있어 봐요. 나 이 남자한테 물어볼 게 많거든요. 그래서요, 누가 제일 예쁘던가요?"

"아니… 그게……."

"거기서 제일 예뻤던 애가 있었을 거 아니에요?"

신은서의 다그침에 어정쩡한 표정을 짓던 강도영이 다시 한 번 최악의 사고를 치고 말았다.

여자를 사귀어본 경험이 있었다면 절대 하지 말아야 할 대답을 그는 미련하게 곧이곧대로 대답했다.

"제일 예쁜 여자라기보다 이상형을 말해달라고 해서 전소연 씨라고 했어요."

"그리고요?"

"악수하라던데요, 그리고 포옹하라고 해서 살짝 안았어요."

"으… 그걸 지금 자랑이라고 말하는 거예요? 지금 나한테!"

신은서의 윽박질에 뒤로 물러섰던 서현탁이 두 눈을 질끈 감았다.

우와, 저 바보, 멍청이, 해삼, 말미잘 같은 놈.

이래서 초짜가 무섭다.

저 죽을지 모르고 마구 떠드는 걸 보면 아무래도 오늘이 강도영 제삿날인 모양이다.

하지만 강도영은 서현탁이 생각한 만큼 그렇게 어리석지 않았다.

비록 여자를 처음 사귀기 때문에 순발력은 떨어졌지만 상황 파악까지 못 할 정도로 바보는 아니었다.

"전소연 씨가 은서 씨를 닮았어요. 물론 은서 씨가 훨씬 예쁘지만 말이죠. 그래서 그 사람을 선택했어요. 그때 너무 은서 씨가 보고 싶었거든요."

"정말?"

"당연하죠. 난 우리 은서 씨가 세상에서 제일 예쁘더라."

하이고, 굼벵이도 구르는 재주가 있다더니 강도영이 그 말 대로였다.

서현탁이 두 눈을 휘둥그레 뜬 채 강도영을 바라본 것은 놈의 처세술이 자신보다 훨씬 낫기 때문이었다.

그리고 그런 효과는 신은서에게서 바로 나타났다.

"호호… 도영 씨, 한잔 받아요."

"넵."

"그리고 방금 은경이 누나가 한 말 들었죠?"

"…무슨 말?"

"밥 먹고 둘이 나가서 따로 데이트하라고 그랬잖아요. 혹시 모를 무슨 짓을 얘기하면서 말이에요."

"아……."

서은경이 서현탁을 귀를 잡아끌고 사라졌다.

서은경은 안 된다며 바락바락 우기는 서현탁을 차에 태워서 뒤도 안 보고 사라졌는데 공언한 대로 두 사람한테 데이트할 기회를 주고 싶었던 것 같았다.

"우리 어디로 가죠?"

"한강 가요. 거기 가서 야경 구경해요."

"차가 없어서 택시 타야 되는데 괜찮아요?"

"내 매니저가 근처에 있어요. 내가 전화해 놨으니까 금방올 거예요."

언제 전화를 걸었을까.

아마, 서은경과 서현탁이 실랑이하는 걸 중간에서 뜯어말릴 때 한 모양이다.

그녀의 말대로 5분도 안 되서 휴대폰이 울렸다.

신은서의 매니저는 사촌 동생이라고 했는데 그녀보다 나이가 두 살 어렸지만 눈치가 빨라서 일을 잘한다고 들었다.

밴을 타고 한강으로 가서 내린 후 그녀의 매니저를 돌려보냈다.

나중에 다시 픽업해 달라는 부탁을 했기 때문에 그들이 데이트를 끝내면 다시 올 것이다.

그녀와 손을 잡고 가급적 사람들이 드문 곳으로 걸었다.

화려한 서울의 불빛.

한강 속에는 또 다른 서울이 들어 있어 신비로운 야경을 뿜어내고 있었다.

날씨는 선선해서 걷기에는 정말 좋은 날씨였다.

신은서는 자신의 손을 잡은 강도영의 손을 느끼며 연신 웃음을 지었는데 이렇게 걷는 것이 너무나 행복한 모양이었다.

"도영 씨하고 이렇게 걸으니까 너무 좋아요. 이렇게 좋은 걸 그동안 왜 안 해줬어요?"

"내가 안 해줬어요? 은서 씨가 안 해줬지?"

"어머, 이 남자 봐. 마구 오리발을 내미시네."

"하하하……."

그녀가 토끼 눈을 뜨면서 걸음을 멈추자 강도영의 입에서 웃음이 흘러나왔다.

이럴 때보면 그녀는 마치 어린아이 같다.

강도영의 웃음소리에 반응하며 예쁘게 눈을 흘긴 그녀가 어둠 속에 잠겨 있는 벤치를 가리켰다.

"우리… 저기 앉아요. 저기 앉아서 보면 제일 예쁠 것 같아요."

그녀가 걸어가는 곳으로 따라 걸어갔다.

두 사람은 한강변에 온 후 한 번도 손을 놓지 않고 있었다.

말없이 한동안 야경을 바라봤다.

이야기를 하지 않아도 좋았다. 사랑하는 사람과 이렇게 함께하는 것만으로 모든 것을 다 가진 것처럼 행복했으니 서로의 따스한 손길을 느끼며 그들은 같은 방향을 말없이 바라보았다.

언제까지라도 말을 하지 않을 것 같았던 신은서의 목소리가 작게 흘러나온 건 그들의 앞을 지나던 연인의 모습이 희미하게 보일 때였다.

떨린다. 그녀의 음성은 작은 떨림 속에서 겨우 들릴 것처럼 작아져 있었다.

"도영 씨."

"예?"

"정말 답답해서 그러는데 무슨 짓 언제 할 거예요?"

그녀의 질문에 강도영이 고개를 돌려 그녀를 바라보았다.

신은서는 입을 여는 순간부터 그를 바라보고 있었기 때문에 두 사람의 시선이 금방 부딪쳤다.

얼마나 답답했을까.

한강에 온 지 벌써 한 시간이 다 되어가는데 아무 짓도 하지 않는 강도영의 태도가 그녀에게서 여자의 수줍음을 버리게 만들었을 것이다.

강도영은 자신을 빤히 바라보는 시선을 피하지 않고 천천히 손을 올려 그녀의 얼굴을 만졌다.

그러고는 세상에서 가장 아름다운 조각상을 만지는 것처럼 천천히 훑어나갔다.

그녀의 눈, 코, 입.

그의 손길이 닿을 때마다 신은서의 몸이 움찔거리는 게 느껴졌다.

"무슨 짓을 하려면 사전에 충분히 분위기를 잡으라고 은경이 누나가 가르쳐 줬어요. 처음 해보는 거라 얼마나 잡아야 되는지 몰랐는데 지금이 그때인 것 같네요."

말을 끝낸 강도영이 천천히 자신의 얼굴을 그녀 쪽으로 움직였다.

그러고는 조심스럽게 그녀의 입술을 향해 자신의 입술을

가져갔다.

첫 키스.

남자로 태어나 처음 하는 키스는 구름 속을 거니는 것처럼 황홀했고 부드러웠다.

"음……."

신은서가 작은 콧소리를 냈다.

그녀는 강도영의 얼굴이 다가올 때부터 눈을 꼭 감고 있었는데 달콤한 키스가 시작되자 몸을 경직시킨 채 조금도 움직이지 못했다.

*　　　　　*　　　　　*

히어로가 천만을 돌파한 것은 정확하게 개봉한 지 25일이 지났을 때였다.

하지만 아직도 영화관은 히어로를 보기 위해 관중들로 빽빽하게 들어찼기 때문에 최종 러닝 스코어가 어디까지 갈 건지 예측하기 어려웠다.

처음 에이리언의 진화로 인해 고전을 했던 영화사 쪽은 물론이고 감독을 맡은 김동혁과 스태프들의 얼굴에도 웃음이 떠나지 않았다.

이미 에이리언의 진화는 겨우 명맥을 유지하고 있었지만 히어로의 기세는 멈출 줄을 몰랐기 때문이다.

DR미디어의 사장 주형길의 얼굴은 요즘 들어 하회탈로 변했다.

이번 히어로에 투자된 금액은 120억이었으니 400만 정도가 손익분기점이었는데 천만이 훌쩍 넘었고 지금도 계속해서 관객이 들기 때문에 이익은 눈덩이처럼 불어나는 중이었다.

"푸하하… 난 처음부터 김 감독을 믿고 있었어. 아무렴 당연하지. 김 감독이 누군데 그까짓 에이리언 나부랭이한테 밀리겠어."

주형길이 술잔을 마주한 김동혁에게 연신 웃음을 터뜨렸다.

목소리는 커졌고 혀는 살짝 꼬부라졌다. 마실 만큼 마셨다는 뜻이다.

그는 예전의 조바심은 어디로 팽개쳤는지 김동혁을 추켜세우며 계속해서 술잔을 따라주었다.

사업가란 상황에 따라 이렇게 생각과 행동이 순식간에 변하는 모양이다.

"사장님, 중간 결산 해보셨죠. 지금 얼마나 벌었습니까?"

"그걸 왜 물어?"

"왜 묻다니요. 당연히 저도 알아야 하는 건데 남한테 하는 것처럼 말씀하시네요."

김동혁이 반문하는 주형길을 향해 오히려 쓴웃음을 토해

냈다.

그는 러닝 개런티를 받기로 사전에 약조했기 때문에 홍행 성적에 따라 받는 금액이 달라지기 때문이다.

주형길의 얼굴에서 웃음이 다시 돌아온 건 김동혁의 얼굴에서 쓴웃음을 본 후였다.

그는 사업가답게 즉시 분위기를 전환시켰다.

김동혁은 이번 한 번만 보고 끝낼 사람이 아니었다.

다시 말해 김동혁은 그에게 있어서 황금 알을 낳는 거위 같은 존재였으니 어떡하든 비위를 맞춰줄 필요성이 있었다.

"결산이 끝나면 알려주려고 그랬지. 뭘 그런 걸 가지고 톡 쏘고 그래, 우리 사이에."

"톡 쏘긴요. 제가 언제 사장님하고 언성 높인 적 있습니까. 그저 궁금해서 그런 거죠."

주형길도 늑대지만 김동혁도 늑대다.

DR미디어처럼 자신을 마음껏 밀어줄 회사는 많지 않았으니 대놓고 어깃장을 부릴 이유가 없었다.

"지금까지 200억 정도 돼."

"많이 벌었군요."

"전부 자네 덕분이지. 다음에도 우리 손잡고 잘해보세. 그래, 차기작은 언제 들어갈 생각인가?"

"히어로 찍으면서 너무 고생을 많이 했습니다. 당분간 쉴 생각입니다."

"당연히 푹 쉬어야지. 그래도 오래 쉬면 감각 떨어지니까 너무 오래 쉬지 마."

"쉬면서 시나리오나 천천히 검토할 생각입니다. 내년 상반기 정도에는 대충 구상을 끝내고 움직일 테니 걱정하지 마십시오."

"뭐, 생각해 놓은 거라도 있어?"

"있지만 지금은 말씀드릴 단계가 아닙니다. 나중에 어느 정도 작품 구성이 끝나면 상의하겠습니다."

"음… 알았네."

이때가 가장 위험하다.

김동혁을 노리는 영화사는 쌔고 쌨다.

만드는 작품마다 흥행을 터뜨리기 때문에 이번에도 어떤 놈들은 선불 조로 20억을 내밀었다는 소문이 돌았다.

그랬기에 그는 김동혁의 다음 말을 기다리며 입을 닫았다.

원는 게 있으면 들어준다. 김동혁을 잡을 수만 있다면 어떤 것이라도 들어줄 의향이 있었다.

"제가… 부탁할 게 있는데요……."

그럼 그렇지. 역시 예상이 맞았다.

중간 결산 운운할 때부터 뭔가 요구할 게 있다는 판단을 했는데 김동혁은 차기 작품 이야기가 끝나자마자 정색하며 자신을 쳐다봤다.

그럼에도 그는 여전히 웃는 낯으로 김동혁을 바라봤다.

"우리 김 감독이 뜸을 다 들이는구만. 말을 해, 이 사람아. 하늘에 떠 있는 달이라도 따다줄 테니까."

"히어로의 성공 요소에는 강도영의 역할이 컸습니다. 그런데 그놈한테 달랑 2억만 줬어요. 사장님, 미안한 말씀이지만 그놈한테 보너스를 줬으면 좋겠습니다."

"신인한테 그 정도면 많이 준 거야. 그것도 김 감독이 우기지 않았다면 어림도 없는 돈이었어. 그런데 보너스라니?"

"지금까지 200억을 벌었고 앞으로도 제 생각에는 100억 정도 더 들어올 것 같군요. 최소한 300억 이상 벌었으니 고생했으니까 줘도 됩니다. 고생은 유혁보다 그놈이 세 배는 더 했습니다."

"자네 이상하군. 도대체 강도영을 왜 챙기는 건가?"

"차기작에 그놈을 쓰고 싶어서 그럽니다. 고생을 시켰으니 챙겨줘야 된다는 생각도 들었고요. 사장님도 다음 작품을 저와 함께하고 싶으시죠?"

"당연한 말을 하는구만."

"저 역시 강도영과 차기작을 찍을 생각입니다. 그러니 보너스를 주십시오."

"허어, 그것참. 얼마나?"

"3억!"

김동혁의 대답에 주형길이 두 눈을 치켜떴다.

3억이 누구 집 애 이름도 아니고 개런티보다 더 많은 돈을 보너스로 주라는 말에 주형길이 헛기침을 하며 놀라는 표정을 지었다.

*   *   *

"도영아, 우리 일단 광고 하나만 먼저 찍자."

사무실로 급히 나오라는 말을 듣고 아침 일찍 나온 강도영에게 이승환이 불쑥 입을 열었다.

그의 눈은 매를 닮아 있었다.

평상시의 유순한 눈빛이 날카롭게 변했다는 것은 뭔가 중요한 결정을 했다는 걸 알려주는 것이었다.

"갑자기 왜… 광고는 나중에 찍자고 하셨다면서요?"

"워낙 조건이 좋아. 천하자동차 쪽에서 파격적인 제안을 해 왔다. 나는 네 몸값이 오를 걸 예상해서 광고를 전부 키핑했는데 어제 들어 온 천하자동차가 내 기준을 통과했어."

"얼마를 제시했길래 그러세요?"

"3억이다."

3억이란 말에 실감이 나지 않았다. 일 년 넘게 고생해서 찍은 영화 출연료가 2억이었는데 기껏 광고 하나 찍는데 그런 거액을 준다는 게 거짓말처럼 느껴졌다.

역시 배우는 인기로 먹고사는 직업이 맞는 모양이다.

용의 칼이 끝나고 난 후 여러 회사에서 들어온 그의 광고 출연료는 불과 5천만 원 선이었는데 엄청나게 몸값이 뛰었다는 말이었다.

도대체 왜?

아무리 그가 히어로에 출연하면서 인기를 얻었다 해도 인지도 면으로 봤을 때 A급 스타들이나 받는 개런티를 제시했다는 게 이해되지 않았다.

이승환이 다시 입을 연 것은 그의 의구심을 풀어주기 위함이었을 것이다.

"천하자동차 홍보 팀은 오성전자에 비견될 만큼 능력이 뛰어난 사람들로 채워져 있어. 내가 봤을 때 그들이 너의 가능성을 높이 평가한 것 같다."

"그렇군요."

"자동차 광고다. 어쩔래?"

"이제 쉴 만큼 쉬었으니 일을 해야죠. 하겠습니다."

"좋아, 그럼 내가 그쪽에 연락해서 계약 날짜를 잡겠다. 그리고 하나 알아둘 게 있는데 나는 이 광고 계약 기간을 단발 3개월짜리로 할 생각이야."

"그건 왜 그렇죠?"

"너를 더욱 빛나게 만들기 위해서지. 3억으로 네 이미지를 한 군데 파묻히게 만들고 싶지 않다."

"그쪽에서 싫다고 하면요?"

"그렇다면 우리는 이 광고 포기할 생각이다. 세상은 원하는 사람보다 주는 사람이 더 커다란 입김을 발휘하는 법이야. 그들이 정말 너를 원한다면 내 제안을 받아들일 거다."

"저는 광고 계약 쪽은 잘 모르니까 사장님이 알아서 해주세요."

"날 믿는 거냐?"

"믿습니다. 사장님은 제일 먼저 저를 알아봐 주신 분이니까 당연히 믿어야죠."

"고맙다."

"그리고… 이거."

강도영이 이승환을 향해 가지고 왔던 물건을 불쑥 내밀었다. 예쁘게 포장된 박스였다.

"이게 뭐냐?"

"사모님 드리라고 가져왔습니다. 사모님 때문에 여기까지 왔는데 인사도 못 드렸잖아요. 화장품인데 제가 돈이 없어서 비싼 건 사지 못했어요. 대신 나중에 근사한 곳에서 식사 대접을 하겠다고 전해주세요."

＊　　　＊　　　＊

천하자동차의 홍보실장 황윤덕은 서류를 보고 있다가 급히 노크를 하면서 들어온 강정혜를 향해 눈을 부라렸다.

강정혜는 팀장으로 그와 벌써 13년이나 같이 일한 사이라 누구보다 서로를 잘 알지만 이럴 때마다 심장이 덜컥 떨어진다.

아무리 친해도 강정혜는 여자였고 지금은 막 점심 식사를 마친 후 쉬는 중이었기에 그녀가 갑작스럽게 문을 열고 들어오자 신경질이 났다.

"내가 몇 번 말해야 되겠냐. 노크 후 최소 3초는 기다리랬잖아!"

"어머, 왜요? 뭐 포르노라도 보셨어요?"

"아이구, 내가 못살아. 내 나이가 몇인데 포르노 타령이냐. 넌 여자가 그런 말이 쉽게 나오니?"

"아직도 내가 여자로 보이나 보죠?"

"그럼 네가 남자냐?"

"유부녀는 여자 아니라고 하던데요?"

"누가 그런 싸가지 없는 소리를 하고 다녀? 우리 강 팀장이 얼마나 섹시한데."

"아부도 너무 자주 하면 안 먹혀요. 그나저나 실장님, 급하게 보고드릴 게 있어요."

"뭔데?"

"페이스 쪽에서 오케이 사인이 왔는데 우리가 제시한 6개월이 아니라 3개월로 하겠다네요."

"캬아, 그 새끼들 배가 불렀구만."

"어쩌시겠어요. 일두기획 쪽에서는 방방 뜨는데?"

"그놈들은 또 왜?"

"자존심이 상해서 그렇겠죠. 광고주가 배우까지 찍은 것도 신경질이 나는데 그놈이 버티기까지 하니 안 그렇겠어요?"

"자존심은 무슨 개뿔……."

일두기획은 대한민국에서 다섯 손가락에 들 만큼 좋은 광고 회사로서 천하자동차와 오랫동안 같이 일해온 파트너였다.

워낙 광고 프레임을 잘 짰고 영상도 뛰어나게 만들기 때문에 자동차 매출에 커다란 도움이 되는 우량 기업이었다.

그럼에도 천하자동차의 홍보실장한테는 밥이다.

아무리 그들이 광고계에서 날아다녀도 일 년 매출의 상당수를 차지하는 천하자동차의 광고주는 할아버지나 다름없는 존재다.

황윤덕이 말끝을 흐리다가 다시 목소리를 높였다.

"지금 히어로 관객 수가 얼마지?"

"어제까지 1,150만이에요. 아무래도 당분간 열풍을 이어나 갈 것 같아요. 애들 말로는 상영관 수가 조금도 줄지 않았다 고 하네요."

"강 팀장 생각은 어때?"

"그렇게 해주죠. 강도영이라면 충분한 가치가 있다고 생각 해요."

"너 강도영 팬이니?"

"잘생겼잖아요."

"그게 다야?"

몰라서 묻는 게 아니다.

천하물산의 홍보실장은 광고판에서 잔뼈가 굵은 지 20년도 넘은 사람이었다.

그랬기에 그는 그녀가 이번 신차의 광고 모델로 강도영을 추천했을 때 두말없이 받아들였다.

황윤덕은 밑에 직원들에게 모든 것을 맡겨놓고 사인만 하 는 스타일이 아니었다.

"호호… 실장님, 그거 나쁜 버릇이에요. 잘 알면서 아낙네 의 마음을 자꾸 테스트하면 기분이 좋아져요?"

"지랄한다."

"히어로가 성공한 이유는 여러 가지가 있지만 우리 판단으로는 강도영의 영향력이 절반이라고 생각해요. 강도영은 반짝 떴다가 사라질 애가 아닙니다."

"자네가 그렇다면 그런 게지. 좋아, 걔들이 제시한 조건으로 가자고 그래."

"그런데 실장님, 강도영 어쩌실 거죠. 그냥 이렇게 단발로 끝낼 생각이에요?"

"그럼 어쩌자고?"

"저는 걔를 우리 회사 전속 모델로 만들고 싶어요."

"강 팀장, 그놈은 이제야 겨우 영화 하나 흥행시킨 놈이야. 아무리 스타성이 있다 해도 너무 무리하다고 생각하지 않아?"

"하나가 아니고 둘이죠. 이전 작품 용의 칼도 걔 때문에 죽었다가 살아난 거예요."

"알아, 그래도 모험할 수는 없어. 회사의 미래를 섣부르게 결정하는 건 바보 같은 짓이야."

"지금 초특급 스타들의 광고비가 10억 수준이란 거 알고 계시죠. 그것도 온갖 줄을 다 대야 간신히 모셔다가 광고를 찍을 수 있단 말이에요. 실장님, 강도영이 아직 신인일 때 확실하게 도장을 찍어요. 분명 걔는 뜹니다. 그것도 매우 높이, 멀리."

"니가 점쟁이냐?"

"옛날에 모 은행은 김연우가 고등학교 1학년 때부터 전속 광고 모델로 스카웃했어요. 비인기 종목인 피겨스케이팅을 타는 어린 친구를 말이에요. 그리고 어떻게 됐는지 잘 아시잖아요. 김연우는 계약 기간이 끝났어도 그 은행이 광고를 찍는다면 두말없이 도장을 찍었어요. 정성으로 사람의 마음을 사는 건 최고의 투자라고요."

"걔는 김연우가 아니야. 그리고 어린 고등학생도 아니지. 단발 광고로 벌써 3억이나 받을 만큼 몸집이 커진 놈한테 무슨 수를 써서 전속으로 만들어? 결코 쉽지 않은 일이다. 더군다나 3억이나 줬는데도 3개월을 요구해 왔어. 절대 전속으로 묶이지 않을 놈이야."

"그러니까 배팅을 해야죠. 우리 회사는 매년 신차 모델이 3개 정도 출시되니까 써먹을 데는 흘러넘쳐요."

"야, 그만해라. 머리 아프다."

＊   ＊   ＊

서현탁과 정인화는 저녁을 먹고 늘 그렇듯 모텔로 향했다.

벌써 그들은 사귄 지 5년이 되었기 때문에 모텔에 들어서는 것이 이제 집에 가는 것처럼 자연스러웠다.

몸을 씻고 사랑을 나누었다.

하지만 오늘따라 정인화는 적극적이지 않았고 오르가즘에도 도달하지 못했다.

섹스를 할 때마다 그녀는 쉽게 올랐었는데 오늘은 전혀 다른 사람처럼 느껴질 정도였다.

"왜 그래?"

"그냥, 오늘따라 힘이 없네."

"연극이 잘 안 돼?"

"맨날 그렇지 뭐. 그놈의 연극, 이제 지겨워. 맨날 해봤자 겨우 입에 풀칠할 정도고 앞도 안 보이니까 이제 열정이 식어버렸어."

"언제는 연극이 천직이라더니."

"나이가 있잖아. 내 나이 벌써 30살이야."

그녀의 표정을 읽은 서현탁이 담배를 빼어 물었다.

어두워진 표정.

분명 무슨 일이 있다.

서현탁이 담배에 불을 붙이며 천천히 입을 연 것은 그녀가 눈을 감은 채 돌아누웠을 때였다.

"또 선보래?"

"응. 이번에 안 보면 내쫓는대."

그녀의 대답에 서현탁의 입에서 긴 담배 연기가 하늘로 솟아올랐다.

그랬구나.

어느 정도 짐작을 했지만 그녀는 역시 부모님의 압박으로 인해 가슴앓이를 하고 있었던 모양이었다.

원하는 대답이 뭔지 안다.

하지만 그녀에게 해줄 수 있는 대답을 그는 가지고 있지 않았다.

"미안해."

"현탁 씨, 그러지 말고 나랑 같이 집에 가면 안 돼?"

"가면? 인화 씨 부모님이 나 같은 사람 인정해 주겠어? 바보 같은 짓이야. 가봤자 부모님 성화만 커질 뿐인데 거길 왜 가."

"그럼 나는 어쩌라고. 내 나이 벌써 30살이야. 그것도 이제 2달만 있으면 31살인데 나는 어떡해 해. 늙어 죽을 때까지 기다려!"

"뭐가 있어야 인화 씨를 데려오지. 자기도 알잖아. 우리 집 형편. 결혼하고 싶어도 돈이 있어야 할 거 아니야."

"더 기다리면 데려갈 수 있어? 기껏 도영 씨 매니저 하면서 날 어떻게 데려갈 건데?"

"그만하자."

"도영 씨는 이번에 광고도 찍는다며. 영화에 광고에 친구는 엄청나게 돈을 버는데 그 옆에 빌붙어서 살고 싶어? 제발 그거 그만하고 다른 일 찾아보면 안 돼?"

"알았으니까 그만해!"

서현탁이 담배를 재떨이에 비벼 끄면서 소리를 빽 질렀다.

강도영과 떨어져 사는 건 생각해 보지 않았다.

놈은 자신의 생명과 같은 놈이고 그 옆에 있으면 언제나 행복했다.

안다, 그녀가 원하는 것이 무엇인지.

그럼에도 그는 강도영의 곁을 떠난다는 건 한 번도 상상해 본 적이 없다.

정인화가 소리치고 벌떡 일어나는 서현탁의 등을 향해 마주 고함을 친 것은 암울한 현실에서 벗어나고 싶어 하는 절규였다.

그녀의 목소리에는 어느새 울음이 담겨 있었다.

"힘들어서 그래. 힘들어서 그렇다고. 나보다 도영 씨가 더 좋니? 그럼 도영 씨하고 살아. 내가 없어져 줄 테니까!"

*   *   *

강도영은 이승환으로부터 내일 광고 계약을 하기로 했다는 소식을 듣고 활짝 웃었다.

3억이란 돈이 들어오면 아버지가 간절히 원하던 개인택시를 살 수 있었다.

아버지는 택시 회사에 다니며 꼬박 12시간씩 일을 했는데 친구들이 하나둘 개인택시를 하게 될 때마다 부러움을 숨기지 못했다.

통장 잔고가 바닥을 보여 아무것도 할 수 없었으나 이제 광고를 찍게 되면 아버지가 간절하게 원하던 것을 해드릴 수 있을 것이다.

피트니스 센터에서 운동을 마치고 샤워장으로 들어섰다.

배우는 운동을 기본으로 해야 한다며 이승환이 피트니스 센터를 끊어놨기 때문에 강도영은 거의 매일같이 이곳에 와서 1시간씩 몸을 만들었다.

샤워를 마치고 옷을 갈아입은 후 나왔으나 서현탁이 보이지 않았다.

평소에는 서현탁도 같이 운동을 했지만 오늘따라 놈은 피트니스 센터에 도착한 후 사라지더니 지금까지 코빼기도 보이지 않고 있었다.

한참을 기다리다 천천히 계단을 따라 내려가자 서현탁이 창밖을 바라보며 서 있는 것이 보였다.

어두운 얼굴.

11년을 같이 지냈으니 그저 얼굴만 봐도 무슨 일이 있는지 알 수 있다.

놈은 전화기를 붙잡고 있었으나 상대방이 받지 않는지 침묵 속에서 그림처럼 서 있었다.

"현탁아, 어디 갔었어?"

"어, 운동 다 끝났구나."

"무슨 일 있어?"

"일은 무슨. 천천히 내려와, 차 대놓을 테니까."

그렇게 하지 말라고 몇 번이나 말했으나 서현탁은 강도영의 말을 듣지 않고 총알같이 계단을 뛰어 내려갔다.

월급을 받고 일을 하는 이상 자신의 본분을 충실히 해야 된다는 게 그의 생각이었다.

한참 동안 말리다가 더 이상 말리지 않았다.

그게 편하다면 굳이 말려서 친구 놈을 불편하게 만들고 싶지 않았다.

지하 주차장에서 나와 거리로 들어서자 이미 어둠이 짙게 깔려 있었다.

"저쪽으로 가자."

"거긴 왜?"

"술이나 한잔하게."

"차 가져왔는데 무슨 술을 마셔. 그리고 저긴 안 돼. 널 알아보는 사람들이 많아서 문제가 생겨."

강도영이 사람들로 가득 찬 식당 골목을 가리키자 서현탁이 고개를 강하게 가로저었다.

강도영은 배우다.

배우는 사람이 아니라 놀이공원의 신기한 동물 취급을 받기 때문에 가급적 사람들이 많은 곳은 피해야 된다는 게 매니저의 기본 원칙이었다.

하지만 강도영은 물러서지 않았다.

"그럼, 우리 잘 가는 삼겹살집으로 가자. 거기라면 괜찮을 거다."

"인마, 거기도 마찬가지야. 네가 신인일 때나 못 알아봤지 지금도 그런 줄 알아? 내 말 듣고 그냥 집에 가. 내일 중요한 일 있잖아."

"이 자식아, 내가 오늘 술이 땡겨서 그래."

"안 된다니까."

"현탁아, 모자 깊숙이 눌러쓸게. 사람들이 알아보지 못하도록."

"무슨 일 있어?"

"응, 술 마시지 않고는 못 배길 일이 생겼다. 그러니까 오늘 만큼은 내 말 들어주라."

강도영의 신경질에 서현탁이 어쩔 수 없다는 듯 서초동 뒷골목에 있는 삼겹살집으로 향했다.

이젠 할 수 없다.

그리고 더욱 술을 마시고 싶은 건 오히려 그였기에 서현탁은 주차장에 차를 파킹하고 강도영과 함께 식당으로 들어섰다.

삼겹살집에는 사람이 많았다.

하루 일과에 지친 샐러리맨들이 대부분으로 보였는데 자욱한 연기 속에서 그들은 삼겹살과 더없이 어울리는 소주를 마시며 인생을 논하고 있었다.

구석진 자리에 앉은 두 사람은 다가온 종업원에게 주문을 하고 서로의 얼굴을 쳐다봤다.

서현탁은 어느새 자신의 고민을 잊었는지 강도영의 얼굴에 시선을 고정시킨 채 잔뜩 우려 섞인 눈길을 보내는 중이었다.

"왜 그렇게 봐."

"인마, 무슨 일이 있으면 매니저인 나한테 먼저 얘기해야지. 뭐 안 좋은 일이라도 있어?"

"아니."

"거짓말하지 마, 자식아. 갑자기 술 먹고 싶다면 무슨 일 있는 거잖아."

"우리가 언제 무슨 일 있어야 술 마셨냐. 사는 게 뭐라고 술조차 마음대로 못 마셔!"

"이 자식이 지금 무슨 소릴 하는 건지 모르겠네."

"술 왔다. 일단 까자."

강도영이 식탁 앞으로 배달된 소주병을 눈으로 가리키며 자신은 삼겹살을 불판 위에 올려놓았다.

그러자 서현탁이 입맛을 다시며 소주병을 딴 후 강도영과 자신의 잔에 따랐다.

하지만 그의 표정은 찜찜함으로 인해 잔뜩 우그러져 있었다.

"마시자."

고기를 전부 올려놓은 강도영이 잔을 들어 서현탁의 잔에 부딪친 후 단숨에 소주를 들이켰다.

그러고는 아직도 잔을 들고 있는 서현탁을 향해 인상을 긁었다.

어쩔 수 없다는 듯 잔을 비우는 서현탁의 잔에 술을 따르고 강도영은 다시 한 번 잔을 부딪쳤다.

그렇게 순식간에 세 잔을 비웠다.

"자, 이제 말해봐. 어디다 계속 전화질을 한 거냐?"

불쑥 강도영이 묻자 찜찜한 표정을 짓고 있던 서현탁이 눈을 치켜떴다.

놈의 질문에서 이 술자리가 바로 자신 때문임을 알아차렸기 때문이다.

"미친놈."

"미친 게 아니라 자상한 거지. 하루 종일 인상 찡그리고 다닌 놈은 너고. 빨리 말해. 속 터지게 하지 말고."

"말하기 싫다."

"뒈질래, 우리 사이에 비밀이 어디 있다고 지랄이야."

"인마, 그래도 사람한테는 숨기고 싶은 비밀이 있는 거야. 이번만큼은 정말 말하기 싫다."

"얼씨구, 그 대단한 비밀이 뭔지 난 반드시 알아야겠다. 그게 인화 씨가 뒤로하는 걸 더 좋아하는 것보다 더 큰 비밀이냐?"

"이 자식아, 사람들 들어!"

"술 더 마셔야겠네."

서현탁이 두 눈을 부릅뜨자 강도영이 또다시 술잔을 비우기 시작했다.

마침 삼겹살이 노릇노릇 구워졌기 때문에 강도영은 허겁지겁 고기를 집어 먹으며 연신 술잔을 비웠다.

술을 마시는 건 강도영뿐만이 아니었다.

서현탁도 비슷한 속도로 같이 마셨는데 친구에게 말하지 못한 이야기가 마음에 걸렸기 때문인 것 같았다.

그렇게 소주가 세 병이 비워졌을 때 강도영의 입이 다시 열렸다.

"인화 씨가 헤어지자고 하디?"

"……."

"왜 말이 없어, 인마!"

"벌써 헤어졌다."

"왜?"

"더 이상 만나기 싫단다. 내 미래가 엉망이라고. 비전이 없다나 뭐라나."

"그래서?"

"부모님 만나라고 해서 싫다고 했더니 방방 뜨다가 더 이상 연락하지 말라면서 가버렸어. 그러고는 내 전화를 받지도 않아."

"그게 언젠데?"

"이틀 됐다."

"인화 씨가 가자고 그랬는데 왜 안 갔어? 일단 만나봐야 될 거 아냐?"

"보면 뭐 해. 나 같은 놈을 인간 취급이나 하겠어? 가봤자 쪽팔림만 당하다가 올 게 뻔해서 안 갔다."

서현탁이 자신의 앞에 놓인 술잔을 들어 올려 단숨에 마셔 버렸다.

그의 얼굴에 떠오른 미소는 결코 아름다운 것이 아니라 슬픔으로 가득 차 있었다.

"이 새끼가 지금 무슨 소릴 하고 있는 거야. 네가 어때서?"

"네 눈에는 내가 정상으로 보이냐. 고졸 출신에 기껏 매니저로 일하면서 받는 돈이 한 달에 2백만 원도 안 돼. 일반 회사처럼 승진이 있는 것도 아니고 비전도 보이지 않는데 어떤 부모가 좋다고 하겠어. 더군다나 인화 씨는 결혼을 하고 싶어 하는데 나는 가진 게 하나도 없다. 좆도 아무것도 없단 말이다."

"아주 슬픈 소설이네. 그런데 너무 오래된 신파극이야. 보기 아까워서 눈물이 난다, 씨발 놈아."

"이 새끼야, 너 지금 나 약 올리냐?"

"넌 인마, 사람이 그러는 거 아냐. 5년 넘게 돈도 안 주고 실컷 재미 봤으면서 결혼하자니까 돈 없다고 생 까는 놈이 사람이냐, 나쁜 새끼."

＊　　　　　＊　　　　　＊

강도영이 이승환과 함께 일두기획에 들어선 것은 오후 2시 무렵이었다.

어제 저녁, 서현탁과 무려 소주를 10병이나 깠기 때문에 아침에 일어나자마자 피트니스 센터로 달려가 한 시간 내내 뛰었다.

땀으로 술기운을 전부 날려 버릴 생각이라 다른 때보다 러닝머신의 속도가 훨씬 빨랐다.

다행스럽게 운동을 끝내고 나자 맑은 정신이 돌아왔지만 서현탁은 아직까지도 헤롱거리는 중이라 일두기획에 도착한 후 차에서 뻗었다.

만약 이승환이 그런 상태를 알았다면 화를 냈겠지만 강도영은 서현탁이 어디 있냐는 그의 질문에 심부름을 시켰다는 거짓말로 대답했다.

일두기획은 대형 광고사답게 판교에 자리 잡고 있었는데 21층의 최신식 빌딩을 사옥으로 사용했다.

매출액 1조 2,000억.

일반 광고 회사와는 근본적으로 규모가 다른 글로벌 기업으로 광고 업계의 순위는 랭킹 3위다.

18층으로 들어서자 비서가 강도영을 알아보고 단박에 두 눈이 커졌다.

그녀는 큰 키에 늘씬한 몸매를 가졌는데 이곳에 근무하는 광고 담당 상무의 전담 비서로 보였다.

"기다리고 계세요. 들어가시죠."

그녀의 안내에 따라 이승환과 강도영이 집무실로 들어서자 소파에 앉아 있던 두 사람이 동시에 자리에서 일어나는 것이 보였다.

한 사람은 머리가 반쯤까진 50대 남자로 일두기획의 광고 전담 상무 김학성이었고, 반대쪽에 앉아 있는 건 천하자동차 홍보 팀장 강정혜였다.

먼저 입을 연 건 김학성이었다.

"어이구, 먼 길 오시느라 고생하셨습니다. 저는 일두기획의 광고 전담 상무 김학성입니다."

"반갑습니다, 페이스의 이승환입니다. 도영아, 인사해라."

이승환이 슬쩍 몸을 비키면서 손짓을 하자 강도영이 나서며 손을 내밀었다.

신인 때처럼 주눅 든 모습은 아니었으나 당당하면서도 정중한 행동이었다.

그의 손을 잡은 김학성의 눈이 반짝 빛났다.

"영화에서 본 것과 전혀 다른 이미지군요. 가까이서 보니까 훨씬 잘생겼습니다."

"감사합니다."

"이분은 천하자동차의 홍보 팀장 강정혜 씨입니다. 인사하시죠."

"안녕하세요. 강도영입니다."

"반가워요, 강정혜라고 해요. 방금 상무님의 말씀처럼 무척 매력적이시네요. 저도 많은 연예인을 봤지만 강도영 씨는 아주 특별하군요."

그녀의 눈은 강도영이 들어선 후부터 떨어질 줄 몰랐다.

여자로서 남자에게 뻑 간 눈길이 아니었다.

탐색, 또는 맛있는 먹잇감을 노리는 야생의 눈길이 그녀의 눈에 고스란히 담겨 있었다.

"자, 자, 우리 앉아서 얘기할까요?"

김학성의 제안에 네 사람이 서로를 마주 보며 자리에 앉았다.

식전 행사라는 게 있다.

일을 본격적으로 하기 전에 분위기를 띄우고 상대에 대해서 알아보는 시간을 갖는 걸 광고계에서는 은어로 식전 행사라 부른다.

그들은 비서가 들여온 차를 마시며 거의 20여 분 동안 사담을 나눴다.

오늘 길에 차가 막히지 않았냐는 등, 천하자동차의 시장 점유율이 점점 올라가고 있다는 이야기가 나온 후 강도영이 출연한 영화 이야기가 뒤를 이었다.

그리고 광고계에 대한 이야기를 끝으로 본격적인 게임에 들어갔다.

먼저 입을 연 것은 김성학이 아니라 천하자동차의 강정혜였다.

"우리는 페이스 쪽의 제안을 모두 들어드리겠다고 결정했습니다. 다만, 계약을 하기 전에 먼저 상의드릴 것이 있습니다."

"그게 뭐죠?"

"사장님, 우리는 강도영 씨와 전속 계약을 맺고 싶습니다."

"그건 안 됩니다."

이승환이 강정혜의 말을 듣자마자 단박에 거절을 표시했다.

천하자동차에서 비록 3억이란 거액의 개런티를 제시했지만 지금 한창 인기를 얻고 있는 강도영의 몸값이 향후 얼마나 치솟을지 모르기 때문이었다.

전속 계약이란 최소 단위가 3년이기 때문에 천하자동차에 붙들린다는 건 말도 안 되는 일이었다.

하지만 강정혜는 이승환의 반응을 보며 빙그레 웃었다.

"조건도 들어보지 않으시고 단박에 거절하는 게 어디 있어요?"

"조건은 들어볼 필요도 없습니다."

"3년 계약에 10억을 드릴게요."

"싫습니다."

"왜죠?"

"우리 도영이는 단발 광고를 원칙으로 할 생각입니다."

"결국 돈 때문이군요?"

"돈 때문만이 아닙니다. 우린 천하자동차에 목이 맬 생각이 없어요."

"그렇다면 이건 어떻습니까. 저희와 경쟁 관계에 있는 자동차만 빼고 다른 광고에 출연해도 좋습니다."

"그래도 안 됩니다. 우린 도영이의 가치를 훨씬 높게 보고 있기 때문에 가급적 전속 계약은 하지 않을 생각입니다."

"휴우, 우린 최고의 제안을 하고 있는 거예요. 어떤 회사도 지금 도영 씨에게 그 정도의 금액을 제시하지 못한다는 거 잘 아시잖아요."

"우리에겐 우리의 원칙이 있습니다."

"금액을 올리시고 싶은 모양인데 그렇게는 할 수 없어요. 이 것도 높은 분들께 사정사정해서 얻어온 금액이거든요. 정 그 러시다면 우리가 깨끗하게 포기하죠. 안 하시겠다면 할 수 없 는 거 아니겠어요?"

완강하게 버티는 이승환을 향해 강정혜가 끊어버리 듯 말 을 잘랐다.

이대로라면 전속 모델 이야기는 허공 속으로 사라질 게 뻔 했다.

그때 강도영이 불쑥 입을 열었다.

"사장님, 하시죠."

강도영이 던진 한마디로 모든 사람이 갑자기 입을 닫았다.

그러나 가장 충격을 받은 건 이승환이었다.

광고 계약을 말했을 때 이전처럼 강도영은 모든 것을 그에 게 맡긴다며 해맑은 웃음을 지었다.

그런 놈이 중요한 순간에 초를 치며 나섰으니 미치고 환장 할 노릇이었다.

하지만 이승환은 가슴속에서 피어나는 의문과 답답함을 포커페이스 밑으로 숨기고 이미 식은 커피 잔을 들어 올려 한 모금 마셨다.

그런 후 앞에 앉아 있는 계약 상대자들을 향해 천천히 입 을 열었다.

"잠시만 기다려 주시겠습니까? 아무래도 팀장님이 제시한 조건에 대해서 우리끼리 상의를 해야 될 것 같습니다."

"그러세요."

이승환이 자신을 바라보며 얼굴을 슬쩍 찡그리자 강정혜가 보일 듯 말 듯 희미한 미소를 지었다.

내심에 들어 있는 건 환희.

이승환의 강한 반대에 부딪쳐 전속 계약이 물 건너갔다고 느낀 순간 새로운 변수가 생겼기에 그녀는 기대감에 부풀어 올랐다.

하지만 여우답게 표정에는 아무런 변화도 보이지 않았다.

아무리 좋은 상황이 발생한다 해도 대놓고 상대방을 자극하는 행동을 한다는 건 하수나 하는 짓이다.

이승환이 먼저 일어났고 그 뒤를 강도영이 따랐다.

광고 담당 상무의 집무실에서 빠져나와 그들이 간 곳은 복도를 건너 창문을 통해 건물들이 훤히 내려다보이는 테라스였다.

"도영아, 협상 중이었는데 왜 그랬니?"

"죄송합니다."

"그런 말 들으려고 나온 게 아니다. 협상의 기본은 끈기를 가지고 기다리는 것이야. 계약은 필요한 자들에 의해 조건이 달라지는 법이거든. 나는, 단발 계약을 먼저 하고 기다려 볼 생각이었다. 정말 그들이 너를 원했다면 며칠 내로 다른 조건을 제시할 거라 판단했기 때문이었어."

"홍보 팀장의 얼굴을 봤더니 정말 계약을 접으려는 것 같더군요. 사장님의 생각은 충분히 이해하고 있지만, 제가 급해서 기다릴 수 없었어요. 그래서 나선 거니까 이해해 주십시오."

"도대체 왜?"

"돈이 필요합니다. 이전에 받은 돈은 은행 빚 갚느라 다 써버려서 통장이 텅텅 비었습니다. 아버지께 개인택시를 사드려야 하고 제가 따로 살 수 있는 집도 필요해요. 기자들과 팬들이 계속 찾아오는 바람에 벌써부터 주민들이 민원을 내고 있어요. 저희 가족들이 너무 힘들어 합니다."

"개인택시는 이번 광고만 찍으면 충분히 살 수 있어. 네가 살 곳이 필요하다면 그건 내가 장만해 줄 수 있고!"

"다른 곳에도… 쓸데가 많아요."

"너 혹시 도박하냐?"

"그런 거 아닙니다. 저는 고스톱도 못 치는걸요."

"환장하겠네. 인마, 그런데 어디다 돈 쓸데가 있다는 거야?"

"죄송합니다. 그건… 제 개인적인 사생활이라 말씀드리기가 어려우니까 묻지 말아주십시오."

"휴우……."

이승환의 입에서 긴 한숨 소리가 새어 나왔다.

강도영은 착한 놈이다.

한 개의 광고와 두 개의 영화를 찍었으니 이제 신인이라고 볼 수도 없었으나 놈은 언제나 처음 봤을 때처럼 겸손함을 잃지 않았다.

인성이 나쁜 놈들은 이 정도의 인기를 얻으면 세상을 다 가진 것처럼 건방지게 구는데 강도영에게는 그런 걸 찾아볼 수 없었다.

벌써 5년 동안 보면서 강도영이 현명한 두뇌를 지녔다는 걸 여러 번 느꼈고 신중한 성격을 지녀 단 한 번도 실수하는 걸 본 적이 없었다.

그런 놈이 이렇게 나온다는 건 분명 사정이 있다는 뜻이다. 그리고 강도영이 끝까지 우기면 자신은 말릴 수도 없는 처지였다.

오래된 경험으로 봤을 때 강도영 같은 놈은 한 번 내뱉은 말을 쉽게 주워 담지 않는다.

*   *   *

"계약했어?"

"했다."

"사장님은?"

"먼저 가셨어. 그런데 몸은 괜찮냐?"

"조금 잤더니 이젠 살 만해. 혹시 사장님이 나 찾지 않았어?"

"당연히 찾았지. 어제 술 마시고 사우나장 가서 뻗었다고 말했다."

"크크크… 네놈이 드디어 나를 지옥으로 보내려고 작정했구나. 이거, 생각해 보니까 아깝네. 왜 그 생각을 못 했을까?"

"사우나장?"

"그래, 거기 가서 1시간 정도 푹 자면 모든 피로가 싹 풀렸을 텐데 말이야."

"미친놈, 시동이나 걸어. 가자."

"어디로?"

"김 감독님이 영화사로 오라셔."

"김동혁 감독 말이지. 그런데 왜?"

"모르겠다. 말씀은 안 하시더라."

"오라면 가야지. 그분이 오라면 무조건 가야 되는 거잖아."

"그렇지. 아… 그리고 이거 읽어본 다음에 여기 사인해."

"그게 뭔데?"

서현탁은 강도영이 불쑥 내민 종이를 받으면서 의아함을 나타냈다.

A4 종이에는 글자가 적혀 있었는데 강도영의 사인이 맨 밑에 생생하게 날인되어 있었다.

천천히 적혀 있는 내용을 읽던 서현탁의 표정이 무섭게 굳어지기 시작했다.

그런 후 그는 지금까지의 장난스러움을 버리고 강도영을 향해 눈을 부릅떴다.

"강도영, 이게 뭐냐?"

"왜 싫어?"

"이 새끼야, 너… 내가 불쌍해 보여? 여자 친구한테 차였다니까 동정심이라도 생겼어?"

"지랄한다. 니가 왜 불쌍해. 어디 팔다리가 부러졌냐, 아니면 부모님이 돌아가시기라도 했냐. 그건 엄연히 계약서일 뿐이야. 전문 매니저들이 전부 하는 계약서라고."

"웃기지 마, 이 자식아. 그런 거짓말에 내가 넘어갈 것 같냐?"

"바보 같은 놈. 원래 스타들은 전담 매니저들하고 별도로 계약한다고 하더라. 의심나면 확인해 봐. 내 말이 거짓말인지. 현탁아, 난 너 없으면 아무것도 할 수 없어. 그래서 전담 매니저로 계약하는 것일 뿐이야. 네가 불쌍해서가 아니라고, 이 새끼야."

"씨발 놈……."

강도영이 소리치자 서현탁이 욕을 내뱉으면서 손에 든 종이를 다시 내려다봤다.

광고 회사에서 급하게 만들어왔는지 계약 서류치고는 터무

니없을 정도로 간단했고 격식조차 없었다.

하지만 거기에 담긴 내용은 입이 쩍 벌어질 만큼 엄청난 것이었다.

강도영의 말을 들으며 서현탁의 눈이 붉어졌다.

그는 '페이스'에 정식으로 적을 둔 로드 매니저였다.

그것도 강도영의 친구란 특별한 위치 때문에 들어간 것이라 다른 매니저들은 그를 보고 낙하산이라 놀려대곤 했다.

만약 강도영이 용의 칼과 히어로에 출연하면서 뜨지 않았다면 그는 단숨에 길거리로 나앉았을지도 모른다.

매니저로 활동한 게 벌써 4년이 넘었으니 업계 돌아가는 사정을 빤히 꿰고 있었다.

강도영의 말은 거짓말이다.

가끔가다 특급 연예인이 전담 매니저와 별도로 계약을 맺는 경우가 있다고 들었으나 그건 단순 로드 매니저에게는 전혀 해당되지 않는 것이었다.

매니저 세계에는 치프 매니저와 행정 매니저를 전부 소화하는 베테랑 매니저들이 존재하는데 그들은 각종 계약부터 세금 문제, 기획 업무까지 전부 소화할 수 있는 능력이 있는 사람들을 말한다.

즉, 다시 말해 연예인이 엔터테인먼트 회사에 소속되지 않고 1인 기획사를 운영할 때 쓰는 업계 최고의 전문가들이란 뜻이다.

그런 사람들도 많아봐야 5% 이내에서 계약이 이루어진다고 들었으니 강도영이 내민 계약서는 말도 안 되는 것이었다.

계약금 조로 2억을 선지급한다는 내용마저 포함된 이 종이 쪼가리는 업계에서 절대 찾아볼 수 없을 정도로 완전히 미친 내용이 담겨 있었다.

그러나 서현탁은 강도영을 노려보기만 했을 뿐 아무 말도 하지 못했다.

놈은 입으로 말하지 않았지만 자신이 힘들어하는 걸 두고 볼 수 없었던 게 분명했다.

친구로서 말이다.

"이번에 천하자동차하고 전속 계약을 맺었다. 3년 동안 10억이야. 그러니까 네 몫은 10%니까 1억이다. 알았어?"

"으… 이 미친놈."

"죽어라고 벌 테니까 인화 씨 부모님 만나. 가서 말씀드려. 인화 씨하고 행복하게 살겠다고 두 손이 닳도록 빌란 말이야. 그리고 직업을 물으면 영화배우라고 그래라. 넌 충분히 배우로 성공할 수 있는 놈이니까 그렇게 말해도 돼."

*　　　　*　　　　*

서현탁과 함께 DR미디어 빌딩으로 들어간 강도영은 시계를 힐끗 본 후 지체 없이 사장실로 향했다.

　약속한 시간은 오후 5시.

　미리 서둘러 왔지만 오는 길에 차가 막혔기 때문에 도착했을 때는 이미 시침이 다섯 시를 넘고 있었다.

　비서의 안내를 받아 사장실로 들어서자 주형길과 김동혁이 소파에 앉아 대화를 나누고 있는 것이 보였다.

　"안녕하세요. 차가 막히는 바람에 조금 늦었습니다. 죄송합니다."

　"어서 와라."

　주형길이 보살 같은 미소를 지으며 손짓을 했다.

　하지만 김동혁은 그 특유의 무뚝뚝한 얼굴로 시선만 던졌을 뿐이다.

　하지만 강도영이 자리에 앉자 말을 붙여온 것은 김동혁이었다.

　"요즘 바쁘냐?"

　"예, 감독님. 언론하고 인터뷰하느라 정신없이 보내고 있습니다."

　"너 텔레비전에 나오는 거 봤다. 잘하던데?"

　"아닙니다. 아직도 카메라만 보면 떨려서 말이 잘 안 나와요. 아무래도 저는 스크린 체질이지 방송 체질은 아닌 것 같습니다."

강도영의 말에 김동혁의 무뚝뚝했던 얼굴이 슬며시 풀렸다.

영화 촬영할 때마다 미친놈처럼 연기에 몰입하던 강도영의 모습이 떠올랐기 때문이다.

"광고는 안 들어왔나?"

"들어왔습니다. 오늘 천하자동차하고 계약을 맺었습니다."

"잘됐다. 물 들어왔을 때 부지런히 노를 저어야지 된다. 이번 기회에 돈 많이 벌어라."

"감사합니다."

강도영은 정중하게 고개를 숙여 그의 말에 감사함을 표했다.

그로 인해 만들어진 것이다. 지금 몸값이 이렇게 올라가게 된 것은 김동혁이 신인에 불과한 그를 히어로에 주연으로 발탁해 준 덕분이다.

항상 고마웠다. 그는 은인이나 다름없는 사람이었으니 죽으라고 하면 죽는 시늉까지 할 의향이 있었다.

김동혁의 시선이 돌아간 것은 강도영의 고개가 일어나기 전이었다.

그는 상석에 앉아 있던 DR미디어 사장에게 시선을 돌렸는데 이제 본론을 말해주라는 눈치를 보냈다.

"도영아, 너 때문에 히어로가 성공했다고 칭찬이 자자해. 정말 수고했어."

"아닙니다. 저보다는 감독님하고 유혁 선배님이 더 고생하셨습니다."

"쯧쯧, 겸손이 너무 크면 건방이 되는 거다. 어른이 칭찬해 주면 고맙습니다, 이러는 거야."

"아… 죄송합니다."

"네 통장에 돈을 넣었다."

"무슨 돈을……?"

"김 감독이 너 때문에 영화가 성공했으니까 보너스를 주라고 난리더라. 그래서 너 오기 전에 넣었으니까 확인해 봐. 3억이다."

"예?"

주형길의 말에 강도영이 놀란 얼굴을 숨기지 못했다.

보너스를 주는 것도 감지덕진데 무려 3억이란 돈을 넣었다고 하자 기가 막혀 말이 나오지 않았다.

하지만 주형길은 빙그레 웃으며 강도영을 향해 더 이상 말을 꺼내지 않았다.

대신 김동혁이 천천히 입을 열었다.

"사장님이 큰맘 먹고 준 거니까 고맙게 써."

"너무 큰돈이라……"

"네가 열심히 해줬기 때문에 생긴 돈이다. 물론, 지금의 너에게는 그렇게 큰돈은 아니겠지만 사장님의 성의라고 생각하고 나중에 기회 있을 때 천천히 갚아."

"알겠습니다."

"광고는 그렇고… 다른 건?"

김동혁이 말을 흘리다가 똑바로 강도영의 얼굴을 쳐다봤다.

그 시선의 의미는 이전과 다른 느낌을 가지고 있었다.

그의 표정에서 뭔가 말하고 싶은 게 있다는 걸 읽은 강도영
은 사실대로 자신의 스케줄에 대해 입을 열었다.

"소속사 사장님께서 다음 작품을 고르고 계시는 것 같습니
다. 조만간 결정될 것 같습니다."

"영화냐?"

"영화도 있고 드라마도 있는 것 같습니다."

"도영아."

"예, 감독님."

"내가 내년 말쯤 차기작에 들어갈 거다. 그동안은 어떤 걸
해도 괜찮지만 그때는 스케줄 비워놨으면 좋겠다."

"감독님이 비우라면 당연히 비워야죠. 걱정하지 마십시오.
사장님께 그렇게 말해놓겠습니다."

"아니… 너희 사장은 필요 없어. 네 마음이 중요한 거지. 소
속사 사장은 네가 인기를 얻을수록 미친 듯이 부려먹으려고
할 거야. 그렇게 되면 네가 원하지 않는 경우가 생길 수 있다."

무슨 뜻인지 안다.

하지만 그렇게 되지 않도록 만들 자신이 있었다.

신인이었을 때는 이승환에게 모든 것을 의지했고 지금도 그가 원하는 것이라면 대부분 들어줄 생각이 있지만 영화에 관한 것이라면 이야기가 달라진다.

영화는 그의 생명과 같은 것이기 때문이다.

"정확하게 언젠지만 말해주십시오. 저는 감독님이 받아만 주시면 반드시 출연하겠습니다."

"내년 11월 크랭크인이 목표다."

"영화는 어떤 내용입니까?"

"제목은… 광개토대제다. 제작비는 아직 산정하지 못했지만 지금까지 만든 어떤 영화보다 클 거야. 나는 대한민국 영화 역사상 가장 거대한 영화를 만들 생각이다."

말만 들어도 설렌다.

그것도 대한민국 최고라는 김동혁 감독이 메가폰을 잡는다면 그의 말대로 엄청난 영화가 탄생할 거란 생각이 들었다.

"저는 거기서 무슨 역을 맡게 됩니까?"

"무슨 역을 맡을 것 같냐?"

오히려 김동혁이 되묻자 강도영은 두 눈만 끔벅거렸다.

어찌 알 수 있단 말인가, 그의 속내를.

그에게는 김동혁 사단이라 불리는 막강한 배우 라인이 존재하고 있었다.

그중에는 사대천왕에 이름을 올리고 있는 유혁도 포함되어 있으니 자신이 어떤 배역을 맡을지 짐작조차 되지 않았다.

먼저 입을 연 것은 김동혁이었다.

그는 강도영이 대답을 못 하고 처분만 바라는 소처럼 우직하게 앉아 있는 것을 보며 기어코 환한 웃음을 만들어냈다.

"네가 주인공이다. 한민족 역사상 가장 위대했고 자랑스러운 광개토대제가 네가 맡을 배역이다."

제31장
이글아이

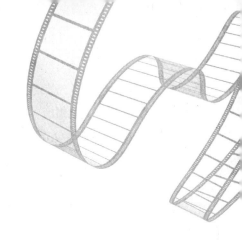

강도영은 늦게 집으로 돌아왔다.

요즘 들어 점점 귀가 시간이 늦어진 것은 그의 집 앞에 많은 팬과 기자들이 몰려들었기 때문이다.

인기를 얻는다는 건 일상생활에서 많은 피곤함과 불리함도 함께 가져왔다.

집으로 들어서자 가족들이 거실에 모여 있는 것이 보였다.

오늘따라 강우성도 부모님과 함께 텔레비전을 보고 있었는데 그 모습이 너무나 평화로웠다.

그가 들어서자 정영숙이 자리에서 일어나며 마중을 나왔다.

그녀는 요즘 너무 행복해서 정신을 차리지 못할 정도로 즐거워했는데 아들이 영화에 출연했고 천만이 훌쩍 넘을 정도로 흥행에 성공하며 스타로 발돋움했기 때문에 동네 아줌마들의 부러움을 한 몸에 받고 있었다.

"늦었네. 갔던 일은 잘됐니?"

"예, 잘됐어요."

"그럼 광고에 출연하는 거야?"

"한 달 후에 촬영한다네요. 아마, 광고는 두 달 후부터 방송될 거예요."

"잘됐다, 잘됐어… 밥은 먹었니?"

"당연히 먹었죠. 엄마, 잠깐 앉으세요. 드릴 말씀이 있어요."

정영숙이 펄쩍 뛰며 기뻐했다. 그러고는 먼저 아들의 배고픔을 챙겼다.

하지만 강도영은 주방으로 향하려는 정영숙을 말린 후 자신을 바라보고 있는 강성두와 동생을 향해 다가가 바닥에 앉았다.

그가 입을 연 것은 정영숙이 슬며시 다가와 옆에 앉았을 때였다.

"아빠, 이것 받으세요."

"그게 뭐냐?"

강성두는 그가 내민 통장을 빤히 바라보기만 했을 뿐 선뜻 받아들이지 않았다.

아들이 힘들게 일해서 번 돈으로 집을 살 때 받았던 융자금을 전부 갚을 수 있었다.

그것만으로도 미안했다.

해준 것이 별로 없는데도 바보 같은 아들놈은 자신이 번 돈을 모두 내놓았기 때문에 빚은 갚았지만 가슴속이 돌덩이가 들어선 것처럼 무거웠다.

다 쓰러져 가는 낡은 아파트를 융자까지 얻어 산 것은 재개발이 될 경우 많은 돈을 벌 수 있다는 친구의 꼬드김 때문이었다.

바보 같은 행동이란 건 금방 나타났다.

이자를 내느라 허리가 굽어질 정도로 힘들었고 반면에 재개발은 깜깜무소식이라 몇 년 동안 힘든 생활을 해야 했다.

만약 아들이 융자금을 갚아주지 않았다면 팔리지도 않는 집을 끌어안은 채 계속해서 가슴앓이를 하고 있었을 것이다.

그런 마당에 아들놈은 또 통장을 내밀고 있었다.

"영화사 사장님이 히어로가 크게 흥행해서 돈을 많이 벌었다고 보너스를 줬어요. 영화가 성공한 건 전부 저 때문이라면서 말이에요."

"허허, 고마운 일이구나. 출연료로 2억이나 받았는데 보너스를 또 주다니 사장님이 마음씨가 넓은 사람인 모양이다."

"김동혁 감독님이 주라고 떼를 쓰셨데요. 제가 워낙 고생했다면서 사장님한테 인심 쓰라고 협박하셨다네요."

"네가 감독님한테 인정을 받아서 그런가 보다."

"그런가 봐요. 감독님이 저한테 다음 영화 주인공을 맡으라고 하셨거든요."

"정말이야!"

강도영의 말이 끝나자 강우성이 불쑥 끼어들며 소리를 질렀다. 김동혁의 차기작에 주인공으로 출연한다면 강도영은 지금보다 훨씬 더 많은 인기와 부를 누릴 수 있기 때문이었다.

"내년 말에 크랭크인되는 영화인데 제목이 광개토대제란다. 엄청난 대작으로 만드실 생각이래."

"우와, 광개토대제를 영화로 만든다고? 그것도 형이 주인공으로 나온단 말이지. 완전 기대된다. 광개토대제에 관한 것은 지금까지 한 번도 영화로 나온 적이 없잖아."

"워낙 대작이라 준비할 게 많을 것 같아. 그래서 내년 말부터는 무척 바쁘게 보내야 될 거야."

흥분에 찬 강우성을 바라보며 강도영이 빙그레 웃었다.

요즘 들어 강우성은 자신을 영웅처럼 받들어 모시고 있었다.

강성두의 입이 열린 것은 두 형제가 도란거리며 이야기를 주고받을 때였다.

"도영아, 그런데 이 통장을 나한테 왜 주는 거냐. 이제 아빠는 돈 필요 없으니 이건 네가 가지고 있어."

"통장 펴보세요. 보너스로 받은 거지만 제법 많아요."

"…얼만데 그래……."

궁금했다.

아들은 통장을 내밀고 그저 웃고만 있었기 때문에 궁금증이 더 커진 것인지도 모른다.

천천히 통장을 펴 든 그는 잠시 동안 움직이지 못하고 뚫어지게 금액을 확인했다.

그러고는 천천히 신음을 흘렸다.

그런 강성두를 향해 강도영은 바보같이 해맑은 웃음을 짓고 있었다.

"아빠, 이 돈으로 개인택시 사세요. 아빠가 원하시던 거잖아요."

"이놈아, 아빠는 괜찮아. 지금도 할 만한데 왜 그래. 이건 네가 번 돈이다. 버는 대로 전부 아빠한테 주면 너는 어떻게 살려고 그러냐. 너도 저축해서 결혼도 하고 아들딸 낳아서 행복하게 살아야 되잖아!"

"전 또 벌면 돼요."

"그래도 이건 너무 많아. 개인택시가 얼마나 한다고 이 돈을 전부 나한테 줘. 말도 안 되니까 집어넣어라."

"개인택시 사고 남은 돈은 가지고 계세요. 아빠도 이제 통장에 빵빵하게 돈 넣고 사시라고요. 엄마랑 맛있는 것도 먹고 가끔가다 여행도 다니고 그러세요. 그동안 고생하셨으니까 엄마, 아빠는 그럴 자격이 충분히 있어요."

"도영아……."

강성두의 목소리가 떨렸다.

못생긴 아들을 키우면서 얼마나 마음 아파하고 힘들어했는지 모른다.

그러면서 오직 아들이 제대로 커서 다른 사람들처럼 평범하게 살아주기를 간절히 바랐다.

아들은 자신으로 인해 평범하게 살기조차 힘든 외모를 가지고 태어났으니까.

그런데 이렇다.

아들은 그런 수모와 고통 속에서도 이렇게 예쁜 마음씨를 가질 만큼 아름답게 성장해서 그를 기쁘게 만들고 있었으니 당장 죽어도 여한이 없다.

"아까 잠깐 말씀드렸지만 오늘 광고 계약을 해서 돈이 또 들어올 거예요. 저는 그걸로 살면 되니까 제 말대로 하세요. 그리고 저는 조만간 집을 나갈 생각이에요."

"집을 나가다니, 그런 또 무슨 소리냐?"

"저 때문에 주민들 민원이 많다고 들었어요. 그리고 저도 무척 불편하고요. 그래서 현탁이하고 같이 살 데를 마련하려고 해요. 아무래도 일하려면 그게 편할 것 같아서요."

"그건 안 돼. 네가 집을 왜 나가!"

강도영이 내민 통장을 바라보며 강성두가 아무 말도 못 하고 있는 걸 보다가 슬그머니 눈물을 짓던 정영숙이 소리를 빽 질렀다.

아들로 인해 작은 아파트 단지가 언제부턴가 북적거리며 민원이 빗발친다는 소리를 들었다.

불쑥불쑥 초인종을 누르는 기자들의 행동에 깜짝거리며 놀랄 정도로 힘들었고 팬들이 가져다 놓은 선물과 낙서로 현관 밖이 쓰레기장처럼 변했지만 충분히 참을 수 있었다.

모든 것은 잘난 아들을 둔 그녀의 행복이었으니까.

말리고 싶었다.

한 번도 자신의 품을 떠나지 않았던 강도영을 떠나보낸다는 건 꿈속에서조차 생각해 보지 않았던 일이었다.

*　　　　*　　　　*

강도영이 빌라를 구해서 집을 나온 건 그로부터 20일이 지난 후였다.

천하자동차와 전속 계약을 해서 받은 돈으로 집에서 얼마 떨어지지 않은 양재 쪽에 전세를 얻었는데 주변이 조용한 신축 건물이었다.

이사를 한 후 얼마 동안 정영숙이 매일 와서 정리를 했고 각종 밑반찬을 마련해 줬기 때문에 사는 데는 전혀 어려움이 없었다.

그녀는 아들이 굶고 다닐까 봐 밥 짓는 법부터 설거지하는 법, 청소하는 것까지 시시콜콜 잔소리를 한 후 돌아갔다.

정영숙이 뜸해지자 이번에는 신은서와 정인화가 들락거리기 시작했다.

그녀들은 그곳이 자기들 신혼집인 것처럼 수시로 인테리어 장식물과 살림들을 장만해 왔기 때문에 10여 일이 지나자 제법 사람 사는 곳처럼 변해갔다.

"도영 씨 침실에 예쁜 스탠드 하나 사와야겠다. 너무 삭막해."

강도영의 방을 둘러본 신은서가 꼼꼼히 구석구석 살피더니 노트를 꺼내 들고 뭔가를 적었다.

그녀는 올 때마다 뭔가를 적었는데 다음에 올 때면 양손에 가득 물건들을 들고 들어왔다.

푹신하게 보이는 침대의 이불도 그녀가 장만해 온 것이고 한쪽에 놓여 있는 탁자와 컴퓨터 책상도 그녀가 마련한 것이었다.

안방 화장실에 있는 세면도구는 물론이고 치약과 전동 칫솔도 그녀가 사왔다.

그녀는 이곳이 그녀가 사는 집으로 착각하는 모양이었다.

강도영은 그녀의 행동에 아무런 제동을 걸지 않았다. 그녀의 얼굴에 들어 있는 웃음이 너무나 행복해 보였고 그를 위해 신경 쓰는 게 너무나 예뻤기 때문이다.

"은서 씨, 오늘 저녁에는 뭐 해요?"

"모임에 가야 해요."

"무슨 모임?"

"장미회라고 여배우들 모임이 있어요. 나이가 같은 친한 사람들끼리 만든 모임이에요. 그리고 보니까 도영 씨 친구 민경이도 있네요. 요즘 민경이 만난 적 있어요?"

괜히 물었다.

그녀의 얼굴이 갑자기 싸늘하게 변하면서 째려봤기 때문에 강도영은 당황한 표정을 지을 수밖에 없었다.

"못 만났어요. 전화는 세 번 왔었는데 바빴거든요."

"안 바빴으면 만났을 거란 말이네요."

"은서 씨, 민경이가 신경 쓰여요?"

"그럼 괜찮을까요. 나한테 이은호처럼 잘생긴 남자 친구가 있다면 도영 씨는 좋겠어요?"

"하아… 단순한 친구라도 안 된단 뜻이네요."

"당연하죠."

"그렇게 나를 못 믿겠어요? 난 은서 씨 친구라면 잘해줄 자신 있는데… 그게 이은호라고 하더라도 말이에요."

"이씨… 왜 날 나쁜 여자로 만들어요!"

"귀여워서 그렇죠. 질투하는 게."

강도영이 불쑥 다가가 신은서를 끌어안았다. 그런 후 그녀의 눈을 빤히 쳐다보면서 싱그러운 웃음을 지었다.

너무 예쁘다. 자신을 사랑하는 그녀가…….

살짝 거부하던 신은서가 뜨겁게 다가온 시선을 받으며 가만히 있자 강도영이 천천히 그녀의 입술을 훔쳤다.

움찔거리던 그녀가 뜨겁게 강도영의 입술에 반응하기 시작한 것은 강도영이 그녀를 침대로 눕혔을 때였다.

하지만 그 뜨거움은 밖에서 들려온 서현탁의 목소리로 인해 금방 싸늘하게 가라앉았다.

바보 같은 놈, 이런 중요한 순간에…….

"도영아, 그만 나와라. 밥 먹으러 가자!"

*　　　　　*　　　　　*

자동차 광고는 미국의 애리조나에 있는 사막 도로에서 촬영하는 것으로 결정되었기 때문에 강도영은 서현탁과 함께 비행기에 올랐다.

광고 콘셉트는 천하자동차에서 금년에 생산한 SUV 차량을 타고 강도영이 애인과 함께 사막을 질주하며 자유를 만끽한다는 내용이었다.

촬영 일정은 10일이었고 편집 과정을 거쳐 한 달 후 본격적으로 광고를 때린다는 게 광고 기획사의 설명이었다.

강도영이 비행기를 탑승하는 과정부터 예전과는 판이하게 달라진 위상이 느껴졌다.

공항에 그가 나타나자 많은 사람이 몰려들었는데 심지어는 게이트에 있는 직원들까지 알아보고 인사를 해왔다.

서현탁과 함께 비지니스석에 자리를 잡은 강도영은 주변을 둘러보다가 자신을 빤히 쳐다보는 미녀를 확인하고 가볍게 눈인사를 했다.

그녀는 강도영보다 먼저 자리를 잡고 앉아 있었는데 곱게 뻗은 두 다리가 마치 대리석처럼 빛나고 있었다.

그러나 더 무서운 건 그녀의 얼굴에서 뿜어져 나오는 섹시함이었다.

신은서가 지니고 있는 청순함과 완전히 상반되는 요염함.

남자들의 심장을 단숨에 마비시킬 정도로 그녀의 미소는 살벌하게 매력적이었다.

"안녕하세요. 전 이번에 강도영 씨와 같이 촬영하게 된 윤미진이에요."

"아… 반가워요. 처음 뵙겠습니다."

뒤늦게 그녀의 정체를 안 강도영이 급하게 고개를 숙이며 인사를 했다.

처음 보는 여자가 잘 아는 사이처럼 반갑게 쳐다본 것이 그때서야 이해가 갔다.

윤미진.

현재 무섭게 치고 올라오며 섹시 퀸으로 각광받고 있는 모델이 바로 그녀였다.

그녀는 일 년 전에 모델로 데뷔해서 요즘 방송사의 예능 프로그램에 출연하며 활발하게 활동하고 있었는데 워낙 훌륭한 몸매를 지녔고 서구적인 얼굴에 요염함까지 갖춰 인기가 급상승하고 있는 중이었다.

그녀는 강도영이 인사를 하자 일어서며 불쑥 손을 내밀었다.

서로 떨어져서 고개만 까닥하는 것으로 성이 차지 않는 모양이었다.

단, 한 가지 행동만으로 그녀의 성격이 얼마나 활동적이고 개방적인지 알 수 있을 것 같았다.

여자가 먼저 내민 손을 거부할 강도영이 아니었다.

역시 부드럽다. 마치 문어를 만지는 것처럼 너무 부드러워 조금만 힘을 주면 다칠 것 같은 손이었다.

강도영이 손을 떼자 그녀의 입이 다시 열렸다.

"히어로에서는 엄청 마초적이었는데 막상 보니까 그렇지 않네요. 잘생긴 건 똑같지만."

"그런가요?"

"이쪽으로 오실래요. 아니면 제가 그쪽으로 갈까요. 우린 파트너니까 미국까지 갈 동안 서로에 대해서 알아보는 게 좋지 않을까요?"

이 여자, 거침없다.

그녀의 시선을 받은 서현탁이 당황스러워 하는 걸 보며 강도영이 쓴웃음을 지었다.

강도영의 주장으로 비지니스석을 처음 타보는 서현탁은 자리를 바꾸자는 그녀의 제안에 어쩔 줄을 모르고 있었다.

"좋습니다. 그렇게 하시죠. 멋진 광고를 찍기 위해서라면 그게 좋을 것 같네요. 여자분이 오시는 것보다 남자인 내가 가는 게 낫겠죠?"

"콜!"

*   *   *

이글아이는 천하자동차가 외국의 유수한 SUV와의 경쟁을 위해 개발한 S클래스의 고급 차량이었다.

배기량이 3,500cc였고 긴 보닛에서 시작되어 A 필러와 루프, 그리고 C 필러 등으로 이어지는 최첨단 외관, 최고 출력 300마력과 2,00RPM에서 최대 71.4kg.m에 이르는 강력한 토크를 발휘하는 것으로 설계되어 지금까지 국내에서 개발된 어떤 SUV보다 뛰어난 성능을 지니고 있었다.

천하자동차가 강도영을 광고 모델로 선정한 것은 그가 히어로에서 보여주었던 카리스마가 이글아이를 선택할 것으로 예상되는 30~40대 남자 고객들에게 어필할 수 있을 거란 판단 때문이었다.

광고를 찍기 위해 섭외된 애리조나의 사막 도로는 차가 다니지 않는 것으로 유명했다.

2차로의 아스팔트에는 뜨거운 기운이 연신 뿜어졌고 먼 곳에서 보이는 거대한 산만이 유일한 풍경이었다.

광고를 찍기 위해 미국으로 넘어온 인원은 강도영을 포함해서 모두 20여 명이 넘었다.

도착하자마자 촬영을 할 수는 없었다.

미리 촬영 허가는 받아놨지만 워낙 먼 길을 날아왔기 때문에 무엇보다 먼저 피곤함을 털어내는 것이 급선무였다.

먼 길을 달려 오후 5시에 페어몬트 스콧데일 호텔에 도착한 촬영 팀은 저녁을 먹자마자 그대로 뻗었다.

사막의 오아시스라 불리는 페어몬트 스콧데일 호텔은 별천지를 보는 것처럼 아름다웠는데 각종 열대수와 잔디로 아름답게 조경되어 있었고 심지어 커다란 수영장까지 보유한 호텔이었다.

그럼에도 스태프들은 산책할 엄두조차 내지 못한 채 잠에 빠져들었다.

비행시간만 13시간이었고 이곳까지 이동하는 데 5시간이 더 걸렸기 때문에 스태프들은 전부 녹초가 된 상태였다.

어떤 아름다움도 육체를 가득 적신 피곤함을 이겨내지 못하는 법이다.

10일의 일정으로 왔으나 촬영은 불과 3일 만에 끝나는 것으로 계획되어 있었다.

오고 가는 데 4일, 촬영 준비에 2일이 걸렸으니 일행이 쉴 수 있는 시간은 돌아가기 전날 하루에 불과했다.

이번 촬영을 지휘하는 김성곤은 일두기획이 보유한 감독으로서 30여 편의 광고를 제작한 베테랑이었다.

그가 강도영과 윤미진을 부른 것은 호텔에 도착한 그 다음 날 아침이었다.

강도영이 먼저 도착해서 인사를 하고 자리에 앉은 후에 윤미진이 나타났는데 그녀는 짧은 반바지에 면 티만 입은 간단한 차림이었다.

격식을 전혀 갖추지 않는 복장이었으나 보는 사람의 눈은 더없이 황홀했다.

워낙 늘씬한 몸매를 가졌으니 그런 차림이 오히려 그녀를 더욱 돋보이게 만들었는데 그녀는 자신의 최대 무기인 섹시함을 언제 어디서든 내보일 자세가 되어 있는 것 같았다.

두 사람이 자리에 앉자 김성곤이 서류를 주섬주섬 꺼내 들었다.

"우리가 촬영할 곳은 호텔에서 10㎞ 정도 떨어진 이 도로가 주 무대입니다. 2차선이지만 전부 아스팔트 포장이 되어 있어서 달리는 데는 최고의 조건을 가지고 있어요. 여기와 여기에서 나머지 촬영이 이루어질 겁니다. 석양이 아름답게 사막을 적시는 타이밍에 두 분이 뜨거운 키스를 하게 될 테니까 준비 단단히 해놓으세요."

"호호… 잘할 테니까 걱정하지 마세요."

강도영은 그저 고개만 끄덕였는데 윤미진이 밝게 웃으며 대답을 했다.

그녀는 키스신에 대해서 전혀 두려움이 없는 모양이었다.

"오늘은 스태프들이 현장 답사를 하면서 촬영 계획을 세울 거니까 두 분은 호텔에서 쉬면서 주변 관광이나 하고 계시면 됩니다. 내일부터는 본격적으로 촬영 준비를 해야 될 테니 푹 쉬도록 하세요."

*　　　　　*　　　　　*

스태프들이 촬영 준비를 위해 호텔을 전부 빠져나갔기 때문에 남은 것은 강도영과 서현탁, 그리고 윤미진과 그녀의 매니저인 이현숙뿐이었다.

열사의 사막이라는 말이 어울릴 정도로 덥다.

거의 30도에 육박할 정도로 애리조나 사막의 태양은 아침부터 뜨겁게 내리쬐고 있었다.

"도영아, 여기 죽여준다. 마치 천국에 온 느낌이야."

"호텔 주변만 그래. 조금만 나가면 지옥처럼 보일 거다. 오면서 봤잖아, 주변에 아무것도 없는 거."

"우리 뭐 하냐, 하루 종일. 거참, 그냥 확 일이나 하면 속이 편할 텐데 쉬라고 하니까 답답해지네."

서현탁이 창밖을 바라보며 중얼거렸다.

그의 말대로 방에서 쉬기 시작한 지 한 시간밖에 지나지 않았는데 벌써부터 몸이 근질거리기 시작했다.

차가 없으니 나가고 싶어도 나갈 수 없었고 막상 나간다 해도 갈 데가 마땅치 않았다.

이곳에 오는 사람들은 호텔 주변에 있는 골프장에서 골프를 즐기거나 사막을 관광하는 사람들이 휴양차 오는 곳이기 때문에 손님조차 많지 않았다.

"너, 신혼여행 여기로 오면 좋겠다."

"갈 곳도 없는데 여길 왜 와?"

"그러니까 여기로 와야지. 원래 신혼 여행 중에 가장 열심히 봐야 하는 게 천장이라며. 여긴 볼 게 사막밖에 없으니까 인화 씨하고 천장이나 열심히 보면 되잖아."

"지랄한다."

서현탁이 강도영의 말을 듣고 도끼눈을 떴다.

요즘 들어 강도영은 부쩍 서슴없이 야한 농담을 해서 그를 놀라게 만들고 있었다.

그가 가끔 야한 농담을 하면 얼굴을 붉히던 놈이 영화에 출연하고 나서부터는 오히려 부뚜막에 먼저 올라갔다.

"그나저나 인화 씨 부모님이 뭐라고 그러디?"

"시큰둥하서."

"왜?"

"네 말대로 배우라고 사기 치지 못했다. 차마 양심상 그 말은 못 하겠더라."

"미친놈, 네가 예수냐, 석가모니냐. 양심은 무슨 양심!"

"그래도 사귀는 건 허락을 받았다. 내가 강도영 매니저고 친한 친구라니까 얼마나 버느냐고 묻더구만."

"그래서?"

"일 년에 2억 정도 번다고 우겼다. 그랬더니 표정이 누그러지시면서 사귀는 걸 허락했어."

"잘했다. 잘했어."

"크크크… 너 열심히 일해야 돼. 나 장가보내려면."

"그러지, 뭐. 내가 까짓것 닥치는 대로 벌어서 우리 현탁이 결혼시켜 주마."

서현탁의 웃음소리에 강도영이 장난스러운 모습으로 그의 등짝을 소리 나게 두들겼다.

그때 룸에 있는 전화벨이 요란하게 울렸다.

마침 강도영은 전화기와 가까운 침대에 걸터앉아 있었기 때문에 자연스럽게 손을 내밀었다.

"여보세요?"

—도영 씨세요?

"그런데 누구신지……."

—저예요, 윤미진. 서운해요 내 목소리도 알아듣지 못하고.

"갑작스러운 전화라서요. 여기서 미진 씨가 전화해 올 줄 누가 알았겠어요."

비행기에서 좌석까지 바꾸며 대화를 했지만 막상 오랜 시간 이야기하지 못했다.

할 이야기가 한정되어 있었고 다른 사람들은 전부 잠을 자는데 둘이서 계속 떠든다는 게 이상했기 때문에 겨우 자신에 대한 소개와 그녀의 신상 정도만 파악한 게 전부였다.

—나올래요?

"어디로요?"

—오늘 우리 휴가 받았으니까 놀아야죠. 여기까지 와서 방에만 머물고 있을 수는 없잖아요. 수영복 갈아입고 나와요. 우리 수영이나 하면서 맥주 마셔요.

그녀의 제안에 난감했다.

촬영을 하러 온 사람이 수영복을 가져왔을 리 없었고 막상 수영복이 있다 하더라도 윤미진 같은 여자와 홀딱 벗고 즐긴 다는 게 꺼림칙했기 때문이다.

하지만 그녀는 보기와 다르게 세심한 구석이 있었다.

강도영이 수영복을 준비하지 않았다는 변명을 대자 호텔에 있는 매장에서 사놨으니까 걱정하지 말라며 끝내 수영장으로 그를 끌어냈다.

룸에서 수영복으로 갈아입고 들어오면서 봤던 호텔 전면의 수영장으로 나갔을 때 그녀는 이미 물속을 유영하고 있었다.

한 마리 인어처럼 보였다.

그녀의 수영 솜씨는 뛰어났는데 얼마나 부드럽게 움직이는 지 물방울이 거의 튀지 않을 정도였다.

서현탁과 함께 파라솔을 잡고 자리에 앉았다.

수영장에는 사람이 많지 않았기 때문에 파라솔은 여유가 있는 상태였다.

비록 수영복을 입고 나왔으나 쉽게 물속으로 들어가지 못 했다.

수영을 배운 적이 없었으니 물속으로 들어가는 순간 그는 바보가 될 게 분명했다.

윤미진이 그가 있는 파라솔 쪽으로 다가온 것은 서현탁과 둘이 그녀의 몸매를 보면서 품평회를 열고 있을 때였다.

물에서 빠져나온 그녀는 한껏 물을 머금고 있어 섹시함이 훨씬 더해져 사람들의 이목을 단숨에 끌어모으고 있었다.

"왜 안 들어와요?"

"전 수영을 못합니다."

"호호… 수영장까지 와서 그런 게 어디 있어요. 걱정하지 말아요. 내가 가르쳐 줄게요."

"아뇨, 저는 맥주나 마시면서 쉴게요. 제 걱정은 하지 말고 미진 씨나 즐기세요. 여기서 보니까 수영 정말 잘하시네요."

"그건 안 되죠. 맥주는 맥주고, 수영은 수영이잖아요. 수영 쉬워요. 도영 씨는 운동 신경이 좋으니까 한 시간 정도 배우면 충분할 거예요."

윤미진이 파라솔 의자에 앉자 그녀의 매니저인 이현숙이 맥주를 들고 다가와 탁자에 늘어놓았다.

그녀 역시 수영복을 입고 있었는데 강도영이 나오기 전 미리 맥주를 사놓고 있었던 모양이다.

한가한 수영장에서 맥주를 마시는 기분이 새로웠다.

바쁜 일상에서 벗어나 뜨겁게 쏟아지는 태양 아래서 여유를 즐기기 되자 마음이 한결 풍요로워졌다.

그녀의 협박에 못 이겨 강도영이 수영장으로 들어간 것은 작은 병맥주를 모두 마셨을 때였다.

수영을 가르쳐 주겠다며 다가온 그녀의 손이 터치를 해올 때마다 몸이 움찔거렸으나 강도영은 수영이란 새로운 세계를 접하며 그녀의 존재를 잊어버렸다.

그녀가 가르쳐 준 대로 팔과 다리를 움직이자 20분 정도 지났을 때 몸이 떠서 물을 차고 나가기 시작했다.

쉽지는 않았으나 재밌었다.

그 재미에 빠져 윤미진이 자신의 몸을 마음껏 터치했어도 강도영은 아무 말도 하지 않았다.

그녀는 지금 여자가 아니라 선생님이었기 때문이다.

다음 날 스태프들과 함께 현장을 다니면서 강도영은 자신이 해야 할 연기에 대해 꼼꼼히 살폈다.

미리 만화로 제작된 콘티를 받아봤고 광고 콘셉트에 대해 설명을 들었지만 이 광고는 대화 없이 오직 표정 연기로 모든 것을 표현해야 하기 때문에 집중이 필요했다.

촬영 날이 되자 스태프들의 표정에서 긴장감이 맴돌았다.

촬영은 드론을 이용한 상공 촬영과 리프팅 카메라와 다섯 대의 지상 카메라가 동원됐는데 첫째 날 촬영은 강도영이 윤미진과 함께 이글아이를 타고 사막 도로를 마음껏 질주하는 장면이었다.

김성곤도 만만치 않은 감독이었다.

강도영은 사막 도로를 20여 번이나 왕복해서 달려야 했는데 그때마다 김성곤은 그와 윤미진의 표정, 웃음, 자세에 대해서 끝없이 교정을 요구했다.

이글아이가 주는 속도감과 터프함이 느껴질 수 있도록 온몸으로 행복함을 표현해 달라는 게 그의 주문이었다.

둘째 날 캠핑 장면이 촬영되었고 마지막 촬영은 석양이 지는 노을 속에서 진행되었다.

김성곤의 말처럼 강도영과 윤미진이 진하게 키스를 하는 장면이 포함된 것은 아니었다.

그의 말은 농담일 뿐.

마지막 장면은 차의 보닛에 걸터앉아 석양을 바라보는 장면이었는데 어깨를 감싼 채 노을을 바라보는 강도영의 뺨에 윤미진이 사랑스럽게 입술을 가져다 대는 것이었다.

하루 종일 준비를 마치고 기다린 끝에 노을이 피기 시작하자 김성곤이 긴장한 상태에서 레디 고를 외쳤다.

다른 때와 다르게 이번 촬영은 정해진 시간에 마무리해야 되기 때문에 한 치의 오차도 생기면 곤란했다.

드디어 촬영이 시작되자 강도영은 부드럽게 윤미진의 어깨를 감싸 안았다.

사랑에 빠진 남자의 모습.

사랑하는 여자와 함께 여행이 주는 무한한 자유를 한껏 즐

기는 남자의 모습을 표현하기 위해 그는 감정을 잡은 채 그녀
의 어깨를 따뜻하게 감쌌다.

레일 카메라와 세 대의 카메라가 미친 듯이 돌아갔다.

조금만 더 어두워지면 생생한 화면을 잡을 수 없기 때문에
김성곤은 촬영하기 전부터 배우들에게 최선을 다해달라고 거
듭 부탁했었다.

노을을 바라보던 윤미진의 시선이 돌아오며 강도영의 얼굴
로 향했다.

그러고는 천천히 다가와 강도영의 뺨에 입술을 댔다.

따뜻하다.

신은서와의 키스와는 다른 감정, 다른 감촉이 느껴진 것은
그녀의 입술이 물기를 머금은 것처럼 촉촉함에 젖어 있었기
때문일 것이다.

"좋습니다, 다시 한 번 갑시다."

김성곤은 단번에 끝내는 경우가 없었기 때문에 스태프들이
다시 촬영하기 위해 분주하게 움직일 때 강도영도 옷매무새를
바로하고 자세를 가다듬었다.

그때 윤미진의 입술이 살짝 열렸다.

"도영 씨, 조금 더 세게 안아봐요. 연인들은 원래 가슴이 닿
을 정도로 안아주는 거라구요."

　　　　*　　　　　　*　　　　　　*

　촬영 팀이 하루 여유 있게 촬영 일정을 잡은 것은 원활하게 촬영이 진행되었을 경우 돌아오기 전에 그랜드캐니언을 관광하는 계획을 넣었기 때문이다.

　애리조나까지 가서 그랜드캐니언을 보지 못하고 돌아온다면 천추의 한이 된다는 기획 팀 직원들의 성화에 김성곤은 무사히 촬영이 끝냈을 때란 전제 조건을 달고 일정을 승인했다고 들었다.

　김성곤은 자신이 찍은 영상이 마음에 들었던지 더 이상의 촬영은 없다고 선언을 했기 때문에 스태프들이 전부 만세를 불렀다.

　최대한 편한 복장으로 기획을 담당한 직원이 빌려놓은 버스를 타고 그랜드캐니언으로 향했다. 호텔과 인접했다고 들었는데 실제로는 버스로 2시간이나 달려야 하는 거리였다.

　강도영은 그랜드캐니언을 보는 순간 자연이 선사한 경이를 보면서 입을 떡 벌리고 말았다.

　한참을 걸어 올라가 전망대에서 본 장관은 뭐라고 말할 수 없을 정도로 기가 막혔다.

　사람이 죽기 전에 반드시 봐야 할 곳 1위에 올라 있다는 그랜드캐니언은 인간이 만들어낸 그 어떤 것보다 위대하고 경이

로웠다.

강도영은 충격으로 말을 하지 못하고 있었으나 서현탁은 달랐다.

"우와, 씨발. 땅덩어리가 일단 커야 돼. 그러니까 이런 미친 자연도 볼 수 있잖아. 사람들 봐라. 꼭 개미 떼 같네."

"이런 거 하나 있으면 우리나라도 관광 대국이 되었을 텐데 아깝다. 왜 우리나라엔 이런 게 없지?"

"인마, 땅덩어리가 작잖아. 요기만 싹 점령해서 한국령으로 만들면 돈 좀 될 텐데 어떻게 안 될까?"

"하여간 생각하는 수준하고는……."

거품을 무는 서현탁을 향해 강도영이 혀를 차면서 카메라를 꺼내 들었다.

이런 자연을 담고 가지 않으면 여기까지 온 보람이 없다는 듯 그는 열심히 그랜드캐니언의 이곳저곳을 화면에 담았다.

물론 자신의 모습과 서현탁의 못생긴 얼굴도 마구 찍었다.

서현탁은 온갖 포즈를 취하며 덤벼들었기 때문에 휴대폰을 떨어뜨릴 뻔하기까지 했다.

윤미진이 방글거리며 다가온 것은 서현탁이 강도영의 모습을 사진에 담기 위해 열심히 셔터를 누르고 있을 때였다.

그는 매니저답게 시간이 날 때마다 강도영의 사진을 찍어 SNS와 팬클럽 블로그에 올리는 열성을 보여주었다.

"우리 같이 찍어요."

"그러세요."

일부러 다가온 여자를 박대할 필요가 없다는 생각에 강도영이 흔쾌히 그녀의 청을 들어주었다.

괜히 들어주었나. 그녀가 다가오자마자 불쑥 그의 팔짱을 끼며 오른손으로 브이 자를 그렸다.

잘 알겠지만 팔짱을 끼면 가슴이 부딪치는데 예쁜 여자일수록, 가슴이 클수록 그 감촉이 생생하게 느껴지는 법이다.

그럼에도 강도영은 가만히 그녀의 행동을 받아주었다.

자신의 행동으로 인해 누군가를 무안하게 만드는 게 아직도 익숙하지 않았기 때문이다.

*　　　　　*　　　　　*

그랜드캐니언에서 돌아온 촬영 팀은 무사히 촬영을 마친 기념으로 전부 모여 저녁 식사 겸 회식을 가졌다.

바비큐는 술을 부르는 음식이란 걸 증명이나 하듯이 스태프들은 오늘만 살 사람들처럼 마셔댔다.

강도영에게도 술잔은 끝없이 날아왔다.

스태프들의 숫자가 20명이나 되었기 때문에 한 잔씩만 받아도 금방 취기가 올라왔다.

2시간 넘도록 진행되었던 회식은 김성곤이 피곤하다며 자리를 뜨면서 서서히 파장을 맞이했다.

강도영은 김성곤이 뜨는 것을 보고 서현탁에게 눈짓을 한후 자리에서 일어났다.

더 마시자는 촬영감독의 만류를 웃음으로 뿌리치고 자리를 벗어난 강도영은 시원한 바람을 맞으며 천천히 걸었다.

방으로 돌아가기는 싫었다.

이런 자유, 이런 행복은 쉽게 찾아오는 것이 아니었다.

다시 돌아가게 되면 회사에서 잡아놓은 스케줄대로 움직이며 또다시 바쁜 나날들을 맞이하게 될 것이다.

서현탁과 함께 그림처럼 아름다운 호텔 주변을 산책하면서 많은 이야기를 나눴다.

그들이 살아온 인생은 언제나 함께였으니 서로가 공유하고 있는 추억은 밤을 새도 모자랄 만큼 많았다.

윤미진이 그들을 가로막고 나선 것은 강도영이 호텔 주변을 전부 돌고 정문 쪽으로 향할 때였다.

"한참을 찾았잖아요. 어디 갔었어요?"

"산책을 했어요. 아까부터 보이지 않더니 방에 간 거 아니었어요?"

"전 술을 잘 못해요. 열 잔이나 받아 마셨더니 정신을 차릴수 없었어요. 그래서 잠시 도망갔죠."

"지금은 괜찮아요?"

"네, 조금 깬 것 같아요."

괜찮다고 했지만 괜찮아 보이지 않았다.

그녀의 얼굴은 붉어질 대로 붉어져 그들이 함께 촬영했던 애리조나의 노을을 보는 것 같았다.

"그런데 왜 나왔어요?"

"도영 씨와 데이트하려고요. 오늘 아니면 할 시간이 없잖아요. 현탁 씨?"

"예?"

그녀의 부름에 옆에서 조용히 듣고 있던 서현탁이 깜짝 놀란 목소리로 대답을 했다.

그러자 윤미진이 요염한 웃음을 지으며 그의 얼굴을 빤히 쳐다봤다.

"나, 도영 씨와 데이트하려고 그러는데 자리 좀 비켜줄래요?"

"아… 예."

서현탁이 슬금슬금 뒤로 물러나 자리를 뜬 것은 강도영이 여자에게 힘으로 추행을 당하지 않을 거란 판단 때문이었다.

물론 스캔들이 조심스러웠으나 강도영은 그렇게 멍청한 놈이 아니었다.

서현탁의 모습이 사라지자 윤미진이 강도영을 바라보았다.

"저기 정문을 통해 5분 정도 걸어가면 호수 쪽에 아름다운 카페가 있어요. 우리 거기 가서 한잔 더 해요."

"술 취한 것 같은 데 무슨 술을 더 마셔요. 그냥 잠시 걷다가 들어가죠?"

"술은 핑계죠. 저는 술보다 분위기를 마시고 싶은 거라고요. 그러니까 가요. 카페에서 보는 호수가 너무 아름답단 말이에요."

이 여자, 언제 그런 것까지 알아낸 것일까.

망설일 사이도 없이 윤미진이 그의 팔짱을 끼면서 발걸음을 옮겼기 때문에 강도영은 어쩔 수 없이 그녀가 이끄는 대로 따라갔다.

카페는 그녀의 말대로 너무나 아름다웠다.

카페는 나무로 기둥을 세우고 다리를 연결해서 호수에 세워져 있었는데 꼭 섬처럼 보일 정도로 아름다운 조명이 들어와 있었다.

자리에 앉아 맥주를 주문하고 호수를 바라보자 하늘에 떠 있는 별빛이 반사되어 물이 보석처럼 밝게 빛나는 게 보였다.

강도영이 호수가 보여주고 있는 광경을 바라보며 넋을 잃는 동안 윤미진은 또 다른 아름다움에 넋을 잃고 있었다.

바로 강도영이란 사내 말이다.

"도영 씨, 여자들한테 인기 많죠?"

한참을 바라보던 그녀가 불쑥 묻자 호수를 바라보던 강도영의 시선이 제자리로 돌아왔다.

그녀의 질문을 받으며 강도영이 희미한 웃음을 지었다.

이런 질문을 받는 건 언제나 당황스러운 일이었다.

"없다고 하면 거짓말이겠죠. 배우가 인기 없으면 밥줄 끊어지잖아요."

"호호… 그건 그래요."

"나보다 미진 씨가 인기 많겠어요. 워낙 몸매가 예쁘고 섹시해서 남자들이 좋아할 것 같아요."

"맞아요. 저 남자들한테 인기 많아요. 그리고 난 남자들이 날 좋아해 주는 게 너무나 즐거워요."

"그렇군요."

"도영 씨가 봤을 때 나 어때요?"

"방금 말했잖아요. 예쁘고 섹시하다고."

"그럼 나랑 오늘 잘래요?"

그녀의 말에 강도영의 얼굴이 서서히 굳어져 갔다.

촬영을 하면서 충분히 느낄 수 있었다. 사람은 눈을 보면 어떤 생각을 가졌는지 감으로 충분히 알아맞힐 수 있기 때문이었다.

그녀의 눈에는 자신을 남자로 여기는 여자의 눈이 그대로 들어 있었다.

"전 사귀는 여자가 있습니다."

"그게 어때서요? 나도 남자 친구 있어요. 그것도 결혼을 약속한 사람이. 그런데 그게 여기서 문제가 되나요?"

예상했던 것처럼 강하다.

그녀의 태도와 몸매, 얼굴에서 흘러나오는 색기를 보면서 성에 개방적일 거란 생각은 했지만 이 정도일 줄은 생각하지 못했다.

너무나 당당한 태도에 오히려 할 말을 잊어버렸으나 그녀는 강도영을 바라보면서 오히려 이상하다는 표정을 짓고 있었다.

"여기는 미국이에요. 그리고 나는 마음에 드는 남자를 만났어요. 같이 자고 싶을 정도로. 당신과 나는 오늘 섹스를 해도 여기서 끝이에요. 돌아가면 우리는 서로의 생활에 바빠질 테니 다시 보기는 어려울 거예요. 이걸 걸 자유라 하기도 하고 일탈이라고 말하기도 하죠. 그러니까 아무 생각 없이 우리 오늘 밤을 즐기는 게 어때요?"

"안 됩니다."

"왜죠?"

"난 오늘 당신과 자면 그냥 끝내지 않을 겁니다. 당신이 너무 매력적이라 나도 하고 싶지만, 내 성격상 당신을 한 번 안으면 돌아가서도 그냥 두지 않을 거예요. 그러면 미진 씨는 결혼을 약속한 사람과 헤어져야 될지도 모릅니다. 그래도 괜찮겠어요?"

　　　　*　　　　　*　　　　　*

　이승환의 예상과는 다르게 강도영의 몸값은 쉽게 오르지
않았다.

　히어로가 대박을 터뜨리며 상종가를 쳤으나 배우의 지명도
는 한순간에 이뤄지지 않는다는 걸 광고계가 돈으로 보여주
고 있었다.

　7개의 회사에서 광고 출연 제의가 왔지만 전부 이승환의 기
대치를 밑돌았다. 그들은 강도영을 특급 스타로 여기지 않았
기에 제시된 금액이 겨우 1억을 조금 상회할 뿐이었다.

　하지만 이승환의 배짱도 대단해서 그들의 요구를 단칼에
베어버렸다. 그는 강도영의 상품성을 누구보다 크게 생각하고
있었기 때문에 싼값에 출연해서 이미지만 버리는 짓은 절대
하지 않겠다고 공언했다.

　더군다나 그는 강도영의 이미지를 끌어 올릴 수 있는 광고
를 원했기에 식품이나 약품, 생필품 같은 것들은 철저히 배제
해 버려 더욱 광고 출연은 제한적이었다.

　영화 출연과 천하자동차 광고를 끝으로 더 이상 일이 들어
오지 않았지만 강도영은 2개의 화보를 찍은 후 운동과 평소에
즐기던 기타 연주를 하면서 시간을 보냈다.

　천하자동차가 SUV 신차 이글아이를 전 방송국과 각종 인

터넷 매체에 대대적으로 광고를 때리기 시작한 것은 강도영이 미국에서 돌아온 후 꼭 한 달째 되는 날부터였다.

*   *   *

"우와, 저거 강도영이다!"

"저 웃음 봐라. 쟤는 도대체 나이를 알 수가 없어. 마치 카멜레온 같단 말이지. 히어로에서는 30대 중반으로 보였는데 여기서는 그렇게 보이지 않네. 아우, 가슴 떨려."

"바보야, 영화에서는 수염을 깎지 않아서 그런 거잖아. 원래 쟤 나이가 28살이래. 우리보다 적어."

박정아가 빙지은을 향해 면박을 주었다.

둘은 세상에서 가장 가까운 친군데 대학을 졸업한 이후로 지금까지 줄곧 같이 지내고 있었다.

둘의 나이는 30살로 빙지은은 국내 굴지의 오성전자에 다녔고 박정아는 서울도시개발공사에 다니고 있었다.

워낙 명문대를 나왔기 때문에 그녀들은 졸업을 하자마자 취업을 했는데 지금 와서는 경력이 쌓이면서 월급이 올랐기 때문에 제법 윤택한 생활이 가능했다.

빙지은이 주장해서 사놓은 50인치 텔레비전 화면에서는 천하자동차의 광고가 흐르고 있었다. 마치 영화를 보는 것처럼 생생하게 살아 움직이는 영상이었다.

"야, 저기 어디니. 경치 죽여준다."

"애리조나야. 나도 저기 한 번 가본 적 있어. 예전에 사진도 보여줬잖아."

"사막 도로에 저렇게 아름다운 곳도 있었단 말이야?"

"노을 죽여준다. 그림 좋고. 그런데 저 계집애는 완전 여우 같단 말이지."

"그래도 잘 어울린다. 강도영하고 같이 있으니까 쟤도 고급스럽게 보이네."

"어머, 어머. 저… 저, 저년이 어디다가 뽀뽀를 하고 지랄이야. 뭐 저런 년이 다 있어!"

빙지은이 펄쩍 뛰며 두 주먹을 치켜들었다.

화면에는 윤미진이 강도영의 얼굴에다 예쁘게 뽀뽀하는 장면이 나오고 있었다.

히어로를 본 후 강도영의 광팬이 된 빙지은은 윤미진이 뽀뽀하는 장면이 나오자 참지 못하겠다는 듯 얼굴을 붉히며 마구 흥분을 했다. 그 모습에 박정아가 열심히 혀를 찼다.

"아주 텔레비전을 부숴라."

"그건 아까워서 안 되지. 저년이 나쁜 년인데 왜 애꿎은 텔레비전을 부숴!"

"너, 강도영이 그렇게 좋니?"

"멋있잖아. 쟤는 그냥 얼굴만 잘생긴 애들하고 근본적으로 달라. 뭐랄까, 사람의 심장을 후벼 파는 매력이 있는 것 같아."

"계집애, 다른 남자들한테는 도도하게 굴더니 강도영은 신 줏단지 모시듯 하네."

"넌 지금 한창 사랑에 불이 붙어서 강도영의 매력이 안 보이는 거야. 현철 씨만 없었다면 너도 강도영의 매력에 푹 빠져들었을걸?"

"바보야, 임자 있다고 골이 안 들어가니? 나도 눈이 있는데 왜 쟤가 안 멋있게 보이겠냐. 그림의 떡이니까 그렇지."

"키키킥… 이년이 아주 음흉한 년일세. 그나저나 저 차 멋있다. 현철 씨 차 바꾼다고 했잖아. 저 차 사라고 그래. 강도영이 타서 그런가 저 차도 강도영처럼 멋있게 보인다."

"그렇지 않아도 그럴 생각이야. 저 차 정말 마음에 드네. 외관이 꼭 강도영을 닮은 것 같아."

『스크린의 별』 5권에 계속…

이제부터 전자책은

이젠북

www.ezenbook.co.kr

새로운 세계가 열린다!

초대형 24시 만화방

신간 100%, 샤워실, 흡연실, 수면실(침대석), 커플석, 세탁기 완비

▪ 광명 광명사거리역점 ▪

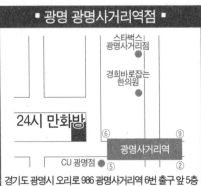

경기도 광명시 오리로 986 광명사거리역 6번 출구 앞 5층
02) 2625-9940 (솔목타워 5층)

▪ 강북 노원역점 ▪

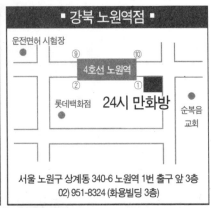

서울 노원구 상계동 340-6 노원역 1번 출구 앞 3층
02) 951-8324 (화용빌딩 3층)

▪ 일산 정발산역점 ▪

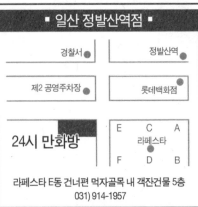

라페스타 E동 건너편 먹자골목 내 객잔건물 5층
031) 914-1957

▪ 일산 화정역점 ▪

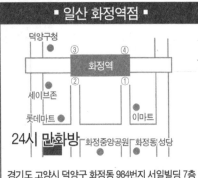

경기도 고양시 덕양구 화정동 984번지 서일빌딩 7층
031) 979-4874 (서일사우나 건물 7층)

▪ 부천 역곡역점 ▪

역곡남부역 기업은행 건물 3층
032) 665-5525

▪ 부평역점 ▪

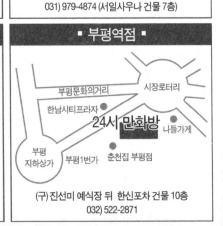

(구) 진선미 예식장 뒤 한신포차 건물 10층
032) 522-2871

FUSION FANTASTIC STORY

설경구 장편소설

저니맨
김태식

한 팀에서 오래 머물지 못하고
이 팀, 저 팀을 옮겨 다니는
저니맨(Joruney man)의 대명사, 김태식!
등 떠밀리듯 팀을 옮기기도 수차례.

"이게… 나라고?"

기적과 함께 그의 인생에 찾아온 두 번째 기회!

"이제부터 내가 뛸 팀은 내 의지로 선택한다!"

더 이상의 후회는 없다!
야구 역사를 바꿔놓을
그의 새로운 야구 인생이 펼쳐진다!

Book Publishing CHUNGEORAM

크레도 장편소설
FUSION FANTASTIC STORY

톱스타 이건우

열정만으로 성공하는 것은 아니다!

어중간한 실력으로 허송세월하던 이건우.

그의 앞에 닥친 갑작스러운 사고와 함께 떠오르는 기억.

'나는 죽었는데 살아 있어. 그건 전생? 도대체……'

전생부터 현생까지 이어지는 인연들.
그리고 옥선체화신공(玉仙體化神功)……

망나니처럼 살아온 이건우는 잊어라!
외모! 연기! 노래!
삼박자를 모두 갖춘 최고의 스타가 탄생한다!

SOKIN 장편소설

재벌 작가

달동네에서도 가장 끄트머리 반지하 월세방.
그곳에서 엄마와 단둘이 살고 있는 꼬마가 가진 것은
누구보다 위대한 재능이었다.

"저라면 가능합니다."
"어떤 작가보다 많은 문학적 업적을 남기고,
더 큰 성공을 거둘 테니까요."

전 세계에서 가장 많이 팔린 책 리스트.
이곳에 이름을 올릴 책의 작가가 될 남자, 이우민.

그의 이야기가 지금 시작된다!

Book Publishing CHUNGEORAM

유행이 아닌 자유추구 -
WWW.chungeoram.com